Ciao,
io sono
Valentina!

Benvenuti nel mondo di Valentina!

Ciao, io sono Valentina! Ho dieci anni e frequento la quinta elementare. Molti di voi mi conoscono già... ma quello che ancora non sapete, lo scoprirete in questi libri che narrano le mie avventure. Vi racconterò la mia vita di tutti i giorni e vi farò conoscere la mia famiglia, la mia classe, i miei amici e

Valentina

Mamma

Papà

il mio maestro. Le mie avventure spesso sono curiose e sorprendenti. Ma a me una vita monotona e sempre uguale non è mai piaciuta. E credo che non piaccia neanche a voi, no? Se è così, siamo in buona compagnia. Buona lettura, amici e amiche!

Luca

Tazio

Alice

Maestro

Ottilia

I Edizione 2001

Nuova edizione 2002

15033 Casale Monferrato (AL) - Via del Carmine, 5
Tel. 0142/3361 - Telefax 0142/74223
www.edizpiemme.it

Stampa: G. Canale & C. SpA - Borgaro Torinese (TO)

Angelo Petrosino

Buon Natale, Valentina!

Illustrazioni di Sara Not

PIEMME
Junior

A Torino,
città di Valentina,
con affetto e gratitudine

NEVE, NEVE, NEVE

Neve, neve, neve...

Ha cominciato a cadere tre giorni fa e si può dire che non abbia mai smesso. La neve mi piace. Cade in silenzio, come se non volesse dar fastidio.

E poi è leggera, sembra non aver peso. Quanto pesa un fiocco di neve? Meno di una lacrima, forse.

La neve sembra piacere anche ad Alice. O forse la incuriosisce soltanto. Lei, infatti, non ama il freddo. Da quando sono accesi i termosifoni salta sulla mensolina di marmo e se ne sta al caldo dalla mattina alla sera. La notte, invece, viene a scaldarsi sulla coperta di lana del mio letto.

Stamattina ho aperto la finestra, ho preso Alice in braccio e sono uscita con lei sul balcone.

– Vuoi provare a toccare la neve? – le ho chiesto.

Sul balcone se n'era accumulata una montagnola, e ho posato Alice per terra. Ma quando il suo muso ha sfiorato la massa morbida e bianca, la gattina ha fatto un salto indietro ed è rientrata in casa come se si fosse scottata.

– Alice, Alice, come sei sciocca! – ho esclamato.

Poi però ho pensato ai gatti randagi che gironzolano intorno ai cassonetti dei rifiuti in cerca di cibo, e ho detto: – Tu non hai di questi problemi, Alice. Non più, ormai.

E sono tornata a guardare la neve che cadeva volteggiando nell'aria.

UN NATALE DIVERSO

Oggi è il sei dicembre, ma è già un po' di giorni che ho cominciato a pensare al Natale.

– Quando prepariamo il presepe? – ho chiesto a mio padre.

– Domenica prossima.

Fra tre giorni, quindi.

A me il presepe è sempre piaciuto, anche perché lo facciamo con cura e ci mettiamo tempo e pazienza, in modo che sia perfetto.

Quest'anno, poi, abbiamo anche le statue che ci hanno regalato i nonni.

Il nostro presepe sarà bellissimo...

Quando trovai quelle statue nella soffitta della loro casa di campagna rimasi a bocca aperta. Erano accatastate in un baule da chissà quanto tempo, ma sembravano appena uscite dalle mani di un artista. I colori erano proprio realistici.

Insomma, sembrava di avere tra le mani delle persone e degli animali in miniatura: pastori, contadini, falegnami e fabbri, e poi pecore, cammelli, oltre, naturalmente, a Gesù, Maria, Giuseppe, ai Re Magi e agli angeli.

– Nonna, ma sono meravigliose! – esclamai quando scesi con le statuette dalla soffitta.

Mia nonna guardò con emozione le statue e disse: – Me n'ero dimenticata. Le usava mia nonna per fare il presepe, e tutti venivano a vederlo.

– Vuoi dire la mia trisnonna?

– Sì. Amava molto preparare il presepe, e a quelle statuette teneva più di ogni altra cosa. Credevo che fossero andate smarrite, invece le avevo così vicine senza neanche saperlo! Hai riportato alla luce un pezzo della mia infanzia, Valentina.

– Possiamo usarle per il nostro presepe?

– Ma ccrto. Anzi, te le regalo tutte.

Quando le portai a casa, le mostrai a Luca: era fuori di sé dalla gioia.

– Sono davvero nostre? – mi chiese.

– Sì, ce le ha regalate la nonna.

Le contammo: erano una trentina in tutto.

– Non basterà il solito angolo – disse mio padre. – Quest'anno bisognerà sgombrare una parte più grande del soggiorno. Inoltre dovremo procurarci un altro tavolo. E poi... e poi ho in mente un'altra cosa. Sto pensando che potremmo utilizzare un vero abete per fare da sfondo alle montagne di cartapesta, ai prati, alla stalla...

– Allora sembrerà proprio vero! – gridò Luca.

– Sarà il presepe più bello che abbiamo preparato in questa casa da quando siete nati...

Così, in attesa di cominciare a realizzare il nostro capolavoro, mi sono messa a pensare al Natale più di quanto non abbia fatto gli anni scorsi.

– Mamma, quest'anno vorrei che casa nostra fosse piena di invitati – ho detto ieri a mia madre.

– Ci saranno i nonni, zia Elsa e suo marito – mi ha risposto lei.

– Sono troppo pochi.

– E chi altro vorresti invitare, Valentina?

– Non so. Pensavo a Tazio e a Ottilia.

– Non credo che i genitori dei tuoi amici vorranno fare a meno di loro proprio il giorno di Natale.

– Proverò a chiederglielo. Si potrebbero invitare anche Genoveffa e Sergio.

– Questa è una buona idea.

– E poi...

– E poi credo che non ci sia più spazio per nessun altro, Valentina.

CHI CUCINERÀ PER TUTTI?

A Ottilia ne ho parlato oggi stesso.

– Ti andrebbe di passare il Natale con noi? – le ho chiesto.

– Magari! Mia madre vuole andare da una sua amica e io non ho proprio voglia di farle compagnia. Quella donna racconta sempre storie tragiche e mi mette addosso una gran tristezza.

– Pensi che i tuoi ti lascerebbero venire?

– Secondo me sì. Chi ci sarà da te?

– Un sacco di persone.

– Tutti adulti?

– La maggior parte sì. Ma stai tranquilla, non racconteranno storie tristi, anzi!

– E di ragazzi... ci saremo solo io e te?

– Sto pensando di invitare anche Tazio.

A Tazio ho telefonato dopo cena.

– Ciao, che stai facendo? – gli ho chiesto.

– Sto finendo il compito di matematica.

– È complicato?

– Così così. Tu non lo hai ancora fatto?

– No, tanto è per lunedì prossimo. Comunque non ti ho telefonato per parlare di compiti di matematica. Volevo parlarti di un invito.

– Dove e quando?

– A casa mia, il giorno di Natale. Pensi che i tuoi faranno difficoltà? E tua nonna?

– I miei non faranno problemi di sicuro. Scommetto che ne approfitteranno per farsi un viaggio all'estero. Mia nonna, invece...

Allora gli ho proposto: – E se invitassimo anche lei? Pensi che verrebbe?

– Mia nonna si trova bene dappertutto.

– Allora comincia a parlargliene.

– D'accordo.

Ho riattaccato e sono andata da mia madre. Mi era venuta in mente un'altra cosa.

– Mamma, abbiamo dimenticato una persona – le ho detto.

– Ah, sì? E chi?

– Rosa.

– Eh, già, lei avrebbe dovuto essere la prima.

– Però non voglio invitarla solo perché mi ha regalato tanto denaro. Ci tengo perché Rosa è davvero sola.

– D'accordo, Valentina, anche Rosa starà con noi. Ma potrebbe esserci un problema.

– Quale?

– Ce la farò a cucinare da sola per tutti?

– Ti aiuterò io. E poi c'è zia Elsa.

A RACCOGLIERE MUSCHIO NEL BOSCO

Stamattina anche Luca si è alzato presto.

– Anch'io voglio preparare il presepe – ha detto ieri sera.

Abbiamo fatto colazione in fretta e siamo andati in soggiorno con papà.

– Allora, cosa aspettiamo? – ha detto lui sistemando il tavolo. Contro la parete, come promesso, c'erano un vero abete e le montagne di cartapesta.

Sulle montagne mio padre ha modellato dei sentieri, delle grotte e delle piccole valli. Poi ha collocato le statuette della nonna.

– Che meraviglia! – ho esclamato.

Mio padre era tutto sudato e ogni tanto diceva a Luca: – Passami la colla... Dammi il martello... Prendi quel rotolo di nastro adesivo...

Quando il presepe era quasi pronto gli

ho chiesto: – Perché non mettiamo del muschio vero sul piano del tavolo?

– Un'idea eccellente, Valentina. Oggi pomeriggio andiamo dai nonni. Intorno alla loro casa, in prossimità del bosco, potrete raccogliere tutto il muschio che volete.

E così, verso le tre, siamo saliti in macchina e siamo andati dai nonni. Splendeva un sole magnifico e la neve dei giorni scorsi si era quasi del tutto sciolta.

– Che peccato! – ha detto Luca. – Speriamo che nevichi di nuovo.

– Se non ci fosse questo sole, non potremmo raccogliere il muschio – gli ho fatto notare.

– Come si fa a raccoglierlo?

– Quando arriviamo dai nonni, prendete dei fogli di carta di giornale e venite con me – ha risposto mio padre.

E così abbiamo fatto. Ci ha portato in un luogo ombroso, dove il terreno era ricoperto di un tappeto di muschio.

Mio padre ha detto: – Raccoglietene dei pezzi non troppo grandi e posateli sulla carta di giornale.

Era bello staccare dal terreno le strisce di muschio. Accostandole al naso, si sentiva un buon profumo di terra umida. Dopo averne raccolto un bel po', siamo tornati dai nonni.

UN REGALO PER LUCA

Pareva che avessimo portato in casa nostra un angolo di campagna. Il profumo della resina di pino, del muschio e della terra umida erano odori insoliti. E l'angolo dove avevamo messo il presepe aveva reso irriconoscibile il soggiorno.

– Peccato che il sette gennaio dovremo smantellarlo – ho detto a mio padre.

Lui per consolarci ha risposto: – L'anno prossimo lo faremo di nuovo.

L'anno prossimo. Chissà quante cose saranno diverse tra un anno. Io sarò cambiata. Di sicuro mi sarò sviluppata, come è successo a Ottilia mentre eravamo a Zurigo. Chissà se avrò dei desideri e dei sogni nuovi nella testa. Chissà se incontrerò delle persone che mi faranno vedere il mondo con altri occhi. Chissà quante gioie e quante tristezze proverò in dodici mesi. Però cercherò di non farmi trovare impreparata. Vivere mi piace. È questo che conta, no?

Mi dà gioia fare i regali. E ogni anno, a Natale, ne faccio uno anche a Luca. Quand'ero più piccola, i soldi me li dava mia madre. Poi ho cominciato a prenderli dal mio salvadanaio.

– Cosa ti piacerebbe che ti regalassi? – chiedo a mio fratello un paio di settimane prima di Natale.

– Se te lo dico, non sarà più una sorpresa.

– È vero, ci penserò da sola.

Ma Luca si confida con mia madre e lei mi dice qual è il regalo che vorrebbe trovare sotto l'albero.

Di solito, insieme a giocattoli e giochini, gli regalo anche un libro di storie. Luca, però, legge poco. E così finisce che le storie gliele leggo io ad alta voce. Cosa che gli piace molto.

– Sei brava a leggere – mi dice.

– Potresti diventarlo anche tu.

– Io non ci riuscirò mai.

– Non ti piacerebbe scrivere libri quando sarai grande?

– Che cosa?!

Eh già, a mio fratello scrivere libri deve sembrare un'impresa impossibile. Per me, invece, è un sogno.

Perciò, nei giorni scorsi, ho detto a Luca: – Quest'anno, insieme a un giocattolo, ho deciso di regalarti anche delle storie mie.

– Che cosa vuoi dire?

– Che le scriverò io.

– E come farai?

– Ancora non lo so. Di che argomento vuoi che parli nelle storie?

– Del Natale.

– D'accordo.

Luca mi ha guardata un po' scettico e si è quasi messo a ridere.

Lui forse crede che abbia scherzato. Ma io ho deciso di prendere sul serio il mio compito. Scriverò le storie, le batterò al computer e poi gliele leggerò.

Voglio proprio vedere che cosa riesco a combinare.

A COMPRARE CENTRINI AL MERCATO

Luca ha ragione quando dice che mia madre mi fa andare da sola quasi dappertutto.

Mi ha abituata fin da piccola e io ne sono

contenta, perché mi è sempre piaciuto cavarmela senza l'aiuto dei grandi.

Mi dico sempre che non devo avere paura di niente. In realtà di paure ne ho parecchie. Però cerco di tenerle sotto controllo. E se faccio delle pazzie, le faccio solo quando sono sicura che non mi provocheranno dei guai.

– Valentina, mi fido di te – mi ripete mia madre. – Ma quando esci da sola, stai in guardia.

Lei però non mi assilla.

Oggi non avevamo scuola, e la mamma mi ha chiesto: – Te la senti di andare a Porta Palazzo?

– A fare che?

– A comprare dei centrini dal merciaio dove siamo state l'ultima volta, ti ricordi?

Sì, mi ricordavo. Quel merciaio faceva un sacco di complimenti a tutte le clienti. E secondo me le donne andavano a comprare da lui non solo perché vendeva della buona merce, ma anche per sentirsi dire che erano carine, che avevano un bel taglio di capelli, eccetera. Prima di uscire di casa ho chiamato Ottilia. Mi sarebbe piaciuto che venisse con me. Al mercato di Porta Palazzo, che è il più grande di Torino, c'è una confusione incredibile. Ma nello stesso tempo è bello trovarsi in un mare di gente che parla e si veste in tanti modi diversi.

– C'è Ottilia, per favore? – ho chiesto alla madre della mia amica.

– No, è andata a comprare delle medicine. E quando torna deve aiutarmi a stirare.

– Capisco. Allora me la saluti e le dica che ha chiamato Valentina, per favore.

Ero un po' dispiaciuta, ma ho indossato la mia giacca a vento e sono uscita. Il cielo era diventato via via sempre più nuvoloso ed ero sicura che prima di sera si sarebbe messo a nevicare.

Sarebbe stata la seconda nevicata di dicembre e speravo che fosse abbondante come la prima.

Il pullman era affollato. Ho cercato un angolo tranquillo e mi sono messa a guardare le strade.

Qualche negozio aveva delle decorazioni natalizie, ma non erano un granché. Per vedere delle luminarie strepitose dovevo andare fino in via Roma.

Sono scesa dal pullman e mi sono guardata intorno.

La zona dove stavano le bancarelle che vendevano stoffe, abiti, tappeti e articoli di merceria era sulla destra. Mi ci sono diretta piano piano.

CONTRATTAZIONI

Ho dato un'occhiata ai contadini che stavano seduti in un angolo della piazza, circondati da gabbie di pappagallini e di allodole, di pulcini e di conigli, di fagiani e di galline. Poi mi sono soffermata vicino alle banca-

Sono scesa dal pullman e mi sono guardata intorno...

relle che vendevano imbuti, bicchieri e secchi di plastica. Ho sbirciato i banchetti delle carni e del pesce. E infine mi sono diretta alla bancarella dove dovevo fare i miei acquisti.

Mentre attraversavo la piazza sono stata quasi travolta da un ragazzo che correva a rotta di collo.

– Ti ha fatto male? – mi ha chiesto una donna che mi ha vista impallidire.

– No, mi ha solo sfiorato. Chi era? E cosa aveva fatto?

– E chi lo sa, bambina mia? A Porta Palazzo se ne vedono di tutti i colori.

Naturalmente davanti alla bancarella del merciaio c'erano solo donne, tutte affaccendate a esaminare vestiti, gonne, reggiseni, maglie e camicie. Chi li prendeva in mano e li tastava, chi li guardava in trasparenza, chi se li provava e chi, persino, li annusava.

– Quanto costa? – ha chiesto una donna al venditore quando è stato il suo turno.

– Pochissimo, è regalata! – le ha risposto l'uomo.

– E cioè, quanto?

– Lei quanto ha intenzione di spendere?

– È per una mia amica. Credo che non vorrebbe spendere più di cinque euro.

– Allora vuol dire che la sua amica non ha mai fatto la spesa. Questa maglia non è possibile averla per meno di quattordici euro. E sarebbe comunque regalata!

– Non si può spendere meno?

– Bellezza, con meno compra solo degli stracci. Io ho la mia dignità e gli stracci non li vendo.

– Potrei arrivare a dieci.

– Facciamo dodici e non se ne parla più. Ma non facciamoci assolutamente sentire dalle altre clienti, altrimenti vado in rovina!!!

– Esagerato.

– Cara signora, lei ha fatto proprio un affarone! Ecco qua. Con i miei migliori auguri di buon Natale!

Quando ha finito di parlare con la donna, l'uomo mi ha chiesto: – E tu, signorina, cosa vuoi?

– Vorrei una decina di centrini come quelli che ha comprato mia madre il mese scorso. Solo che non riesco a trovarli.

– Sono dall'altra parte. Scegli quelli che ti piacciono di più.

Mi sono spostata nella parte opposta della bancarella, ho esaminato i centrini e quando ho trovato quelli che cercavo sono tornata dall'uomo.

– Vorrei questi – ho detto. – Quanto costano?

– Vediamo. Ah, hai preso i migliori. Hai gusto, non c'è che dire.

– Quanto costano?

– Erano gli ultimi pezzi, se hai notato. Normalmente al mercato la gente si accontenta di roba più scadente.

– Quanto costano?

– Secondo me potresti farne anche un bel regalo per le prossime feste.

– Allora, mi dice quanto costano?

– Tre euro al pezzo.

– Cosa? Sta scherzando? Io mi ricordo

benissimo che quando sono venuta con mia madre li abbiamo pagati un euro e cinquanta ciascuno.

– Doveva trattarsi di centrini di una qualità più scadente.

– Erano esattamente come questi. Perciò sono tornata a comprarne degli altri.

– Per caso tua madre è una mia cliente abituale?

– Sì.

– Allora le cose cambiano. Ai clienti abituali faccio sempre prezzi di favore. Te li do a due euro il pezzo.

– Li rimetto dov'erano. Io sono disposta a spendere solo un euro e cinquanta.

– Un momento, un momento. Tu devi essere un tipo in gamba, si vede che hai imparato presto a fare la spesa. Brava, sei una che si farà strada nella vita. E va bene, ci perdo, ma non importa. Non vorrei rimetterci, però, capisci?

– Allora, un euro e cinquanta ciascuno?

– Sì, sì. Da' qua che te li incarto come si

deve. Io ci tengo a fare le cose per bene. Ecco, e vi aspetto ancora per Natale, te e tua madre! Salutamela!

Mentre mi allontanavo ero proprio soddisfatta. Ha visto una ragazzina e pensava di potermi imbrogliare.

Però a me non piacciono i furbi. Certo però che se ogni volta bisogna contrattare così...

Ho dato un'occhiata all'orologio. Erano le dieci e tre quarti: se mi affrettavo, prima di pranzo potevo farmi una corsa in bici. Stavo per attraversare la piazza, quando ho inciampato nella coda di un cane che stava sul bordo del marciapiede.

Il cane ha abbaiato, ma non mi ha morso.

– Ehi, attenta a dove metti i piedi – mi ha detto una bambina. Se ne stava seduta per terra, indossava un vestito tutto strappato e mi guardava con due occhi pieni di rancore.

– Ehi, attenta a dove metti i piedi...

PRIMO INCONTRO CON IRENE

– Scusa, non l'ho fatto apposta – le ho detto. – C'è una tale folla che non si vede a un passo.

Il cane si era avvicinato alla bambina e si lasciava accarezzare la testa tutto contento. Doveva essere un cucciolo di pochi mesi: sembrava un levriero, aveva il pelo corto e bianco, una macchia marrone sulla testa e una più grande sul dorso.

Allora ho chiesto alla bambina: – Come si chiama?

– Russell.

– È tuo?

– Si capisce.

– Cosa fai seduta lì per terra?

– Non ti riguarda. Vai via, ho da fare.

Allora ho capito che stava lì a chiedere l'elemosina. Questo pensiero, non so perché, mi ha irritata e intristita nello stesso tempo.

Ma non ho avuto modo di reagire, perché, di colpo, la bambina si è alzata e mi ha detto: – Andiamocene. Lasciami camminare al tuo fianco come se fossi una tua amica. Anzi, tieni tu il guinzaglio di Russell e fai finta che il cane sia tuo. E poi parlami, dimmi qualcosa...

– Non capisco...

– Dai, muoviamoci. Andiamo verso quei contadini.

E dato che non mi muovevo, mi ha presa per un braccio e mi ha spinta dall'altra parte della strada.

Arrivate vicino alle gabbie dei conigli, la bambina ha fatto un sospiro di sollievo e mi ha detto: – Adesso te ne puoi anche andare. Non ho più bisogno di te. Quel vigile mi stava tenendo d'occhio... non ne posso più di questa piazza. Vieni, Russell, torniamo a casa. Mi sa che stamattina non combiniamo niente.

– Un momento – le ho detto. – Non ho capito molto di quello che è successo.

– Non importa. Comunque mi hai fatto un favore.

– Cosa fai in questa piazza?

– Non l'hai capito? Chiedo soldi alla gente, chiedo l'elemosina.

– Perché?

– Perché ne ho bisogno.

– E a chi li dai?

– A nessuno. Mi compro da mangiare.

– Hai detto che stai per tornare a casa. E tua madre...

– Io non ho una madre.

– Non capisco.

– Oh, non capisco, non capisco... Ti ho detto che mi hai fatto un favore, se vuoi ti dico anche grazie, ma adesso vattene e lasciami in pace.

– Non sono una ficcanaso.

– Allora perché mi fai tante domande? A proposito, hai qualcosa da darmi? Stamattina mi è andata male e vorrei mangiare. Mi basterebbero una brioche e un bicchiere di latte caldo.

Stavo per dirle che non le credevo. Poi, invece, ho cambiato idea: – Ho fame anch'io. Andiamo insieme al bar a prendere qualcosa.

Lei mi ha guardato stupita e si è messa a ridere come se avessi detto una battuta sciocca, ma poi ha ribattuto: – Perché no? Però dobbiamo andare in un bar diverso da quello dove vado di solito: si meraviglierebbero troppo. Dai, andiamo.

Prima di avviarmi, ho dato un'occhiata ai soldi che avevo nel portafoglio. A occhio e croce, dovevano bastarmi.

Il cane si è messo a strusciare la testa contro le mie gambe e la sua padrona ha detto: – Si direbbe che gli piaci. Ma lui è affettuoso con tutti. Forse troppo. Secondo me non dovrebbe fidarsi con tanta facilità degli altri, perché poi finisce che se ne approfittano. Come quelli che lo hanno abbandonato per strada partendo per le vacanze.

– Non è tuo il cane?

– Ti ho già detto che è mio. L'ho trovato legato a un paracarro con un biglietto al collo: c'era scritto il suo nome e le vaccinazioni che ha fatto. Per fortuna l'ho trovato io che amo gli animali.

– Anch'io ho una gatta che ho raccolto dalla strada.

– Per me Russell è tutto. Quando scappo dai vigili, lo faccio anche per impedire che mi tolgano lui.

– Poco fa hai detto che stavi per andare a casa, e io...

– E tu... non capisci! – ha concluso ridendo la bambina.

Ma io non mi sono arrabbiata. Le ho chiesto: – Puoi dirmi come ti chiami?

– Perché ti interessa tanto?

– Forse perché sto per offrirti un bicchiere di latte e una brioche.

– Tu come ti chiami?

– Valentina.

– Io mi chiamo Irene. Almeno così mi hanno sempre chiamata, per quanto mi ricordi. Ecco, siamo arrivati. In questo bar non sono mai andata. Chissà se mi faranno entrare? Il mio vestito è a brandelli e fa capire subito che sono un'accattona. Lo faccio apposta, per impietosire la gente. Però sono pulita. Ci pensa Benedetta a controllare che io sia in ordine.

– E chi è Benedetta?

– Non ricominciare a fare domande.

– Ma sai che sei un bel tipo. Mi racconti tante cose, e poi quando ti chiedo di spiegarti meglio...

– Lascia perdere. Entriamo e sediamoci. Voglio prendere una brioche con la marmellata o con la crema. E il latte lo voglio caldo e con la schiuma sopra.

Siamo entrate nel bar, ma prima di ordinare ho chiesto al barista: – Si paga per sedersi a consumare?

L'uomo ha dato un'occhiata prima a Irene, poi a me, poi al cane, infine ha risposto: – Non si paga. E siete fortunate che i cani mi piacciono. Perciò può entrare anche lui. Ma non permettetegli di allontanarsi da voi.

Quando ci siamo sedute, Irene ha detto: – Ogni tanto si trova qualche barista gentile. Da queste parti c'è un sacco di gente insensibile.

IRENE NON SI FIDA

Mentre Irene divorava in fretta la sua brioche, l'ho osservata attentamente.

Mi sono piaciuti soprattutto i suoi capelli. Sono scuri, folti e incorniciano un viso delicato. Ma anche gli occhi sono belli. Sono talmente grandi che forse riescono a vedere più cose di quante ne possa vedere io con i miei.

– Quanti anni hai? – le ho chiesto.

– Credo dieci.

– Credi? Che vuoi dire?

– Che devo fidarmi di chi me l'ha detto.

Io non ho mai visto il mio certificato di nascita. E poi chissà se esiste.

– Non vai a scuola?

– No.

– Non ci sei mai andata?

– Ci sono andata fino a sei mesi fa. Ma la odiavo. Comunque non sono analfabeta. Ho imparato a leggere e a scrivere perché mi andava di farlo, ho letto persino più libri dei miei compagni. Ma adesso non ho più tempo per leggere.

– Senti, ti ho detto che non voglio fare la ficcanaso. Ma non potresti essere più chiara? Tu i genitori li hai o no?

– Che diritto hai di farmi tutte queste domande? Io non ti conosco. E se poi mi tradisci?

– Tradirti? Perché? E poi, tradirti con chi?

– Io ho imparato presto a non fidarmi. Meno la gente ne sa di te, meglio è. Non penserai di comprarmi con una brioche e un bicchiere di latte!

– Irene, tu devi essere un po' fissata. Comunque, se non hai voglia di parlare, finisci di bere il tuo latte, ci salutiamo e fine della storia.

A quel punto Irene ha posato il bicchiere di latte mezzo vuoto sul tavolino, si è leccata le labbra ed è rimasta silenziosa a fissarmi. Dato che non la smetteva, mi sono sentita un po' a disagio e quindi le ho chiesto: – Perché mi guardi?

Irene ha accarezzato la testa di Russell, gli ha dato un pezzettino di brioche e ha detto: – Mi fido solo di lui e di Benedetta. È da lei che andrò tra poco. Tu dove andrai, invece?

– A casa mia.

– Stai bene a casa tua?

– Sì.

– Hai dei genitori simpatici?

– Mi vogliono bene.

– Hai dei fratelli?

– Uno.

– E vai d'accordo anche con lui?

– La maggior parte del tempo sì.

– Insomma, vivi in una famiglia che meglio non si può. Un sogno!

– Non ho detto questo.

Irene ha sospirato, si è improvvisamente addolcita e ha detto: – Dev'essere bello avere un padre e una madre che ti dicono ciò che devi fare e che ti aspettano quando torni a casa.

– Chi è Benedetta?

– È una brava donna che mi tratta bene. È anziana, ma in gamba. Se non fosse per lei...

Irene ha finito di bere il suo latte e mi ha detto: – Non hai dato nemmeno un morso alla tua brioche. Perché l'hai comprata?

– Forse per farti compagnia.

– Non la mangi?

– Non ho fame.

– Allora la prendo io.

E l'ha avvolta in un paio di tovaglioli di carta. Poi ha afferrato il guinzaglio del cane e si è alzata dicendo: – Devo andare.

Ho pensato che forse non l'avrei più rivista.

– Vieni spesso da queste parti? – le ho chiesto.

– Sì. È una zona che conosco bene.

– E quando pensi di tornare la prossima volta?

– Fra tre giorni.

– Io... insomma, mi piacerebbe molto incontrarti di nuovo.

– Perché? Per regalarmi un'altra brioche e un bicchiere di latte? Vuoi fare il pieno di buone azioni prima di Natale?

– Ho voglia di vederti e basta. Ma se a te non va, per me fa lo stesso.

– E va bene. Allora ci vediamo fra tre giorni. Mi troverò alla stessa ora esattamente nel punto in cui oggi hai schiacciato la coda al mio cane.

Mi sono chinata ad accarezzare la testa di Russell, e lui mi ha leccato la mano.

– Ci vediamo, Valentina. E portati dietro un'altra scorta di domande. Magari mi viene voglia di risponderti!

I DUBBI DI UNA MADRE

Sono tornata a casa con tante sensazioni diverse in testa. Perché volevo rivedere Irene? Perché mi incuriosiva tanto conoscere la sua vita? Forse perché era così diversa dalla mia. O forse perché volevo fare qualcosa per lei, anche se non sapevo bene cosa.

Sembrava così sicura di sé. Aveva quasi la mia stessa età, ma doveva aver fatto delle esperienze molto diverse dalle mie. Irene sembrava abituata a scappare sempre. E poi viveva di espedienti, chiedeva l'elemosina...

Però tornava volentieri da quella donna, Benedetta. Doveva volerle bene, perché quando ne aveva parlato gli occhi le si erano illuminati.

Mi aveva detto che forse avrebbe risposto alle mie domande. Speravo proprio che lo facesse.

Mentre salivo sul pullman, però, mi sono chiesta: «E se mi ha presa in giro e non torna?».

Sono rimasta con un piede a terra e uno sul gradino dell'autobus.

– Vuoi farti schiacciare dalla porta? – mi ha chiesto una donna.

Sono salita e le porte si sono chiuse alle mie spalle con uno scatto.

– Sempre con la testa per aria – ha continuato la donna. – Ma cosa avete nel cervello voi ragazzine? Sei tale e quale mia figlia.

Arrivata a casa, mia madre mi ha detto: – Valentina, come mai ci hai messo tanto tempo? Cominciavo a preoccuparmi.

– Scusa, mamma, ma ho dovuto quasi litigare con il venditore.

– Perché?

– Ha tentato di imbrogliarmi. Comunque... non ho fatto tardi solo per questo.

E le ho raccontato del mio incontro con Irene e dell'appuntamento che ho con lei fra tre giorni.

– Valentina, perché vuoi rivederla?

– Perché... perché mi incuriosisce. Ma anche perché, forse, posso fare qualcosa per lei.

– E cosa?

– Mamma, non lo so. Ma è la prima volta che incontro una bambina come lei. Magari la vedrò solo un paio di volte e poi tutto finirà lì. Non penserai che sia pericoloso?

– Potrebbe esserlo, se ci fosse qualche adulto che la costringe a chiedere l'elemosina.

– No, Irene è sola. E ho capito che Benedetta è una donna anziana che le vuole benc.

– E se invece si servisse della bambina per far soldi?

L'ipotesi di mia madre mi ha colpita, in fondo poteva essere possibile. Ma dentro di me sentivo che si sbagliava. Irene si fidava di Benedetta.

– Mamma, lasciami andare solo per una volta. Starò attenta, te lo prometto.

Ho baciato mia madre, le ho consegnato i centrini e sono andata nella mia camera.

Ho aperto il salvadanaio e ho preso un po' di denaro. Voglio averne sempre un po' con me, per ogni eventualità. Ho dato un'occhiata alle banconote che ho accumulato e mi sono sentita orgogliosa. Quel denaro me lo sono guadagnato occupandomi di Sergio ogni tanto, e dunque lo devo soltanto al mio lavoro.

Se un giorno Genoveffa, sua madre, mi dicesse: «Valentina, ho deciso di sposarmi. Perciò potrò prendermi cura di Sergio e presto non avrò più bisogno di te», beh, non so come reagirei.

Ma che Genoveffa si risposi mi sembra una eventualità lontana. Lei mi dice sempre che non vuole un altro marito, anche se pensa che Sergio avrebbe bisogno di un padre.

Con questi pensieri, ho chiuso il mio salvadanaio, sono andata a sedermi davanti al computer e ho battuto la prima storia che avevo promesso a Luca.

UNA SORPRESA NEL BOSCO

Daniele aveva sette anni e la vigilia di Natale la passava a casa dei nonni.

La casa era in campagna. Quando Daniele si affacciava dalla finestra della sua camera, vedeva prati e boschi in lontananza.

Ma quel ventiquattro dicembre, quando si alzò alle otto e un quarto, dalla finestra vide solo un'immensa distesa di neve.

– Nonna, nonna, è nevicato stanotte! – gridò scendendo a precipizio al pianterreno.

La nonna era in cucina a preparare la colazione.

– Lo so, lo so. Ho già visto la neve. Bella, non è vero?

– Posso uscire a camminarci sopra?

– In pigiama?

– Prima vado a lavarmi e a vestirmi.

– Bravo, non voglio che tu prenda freddo. Sennò chi la sente tua madre?

I genitori di Daniele sarebbero arrivati per l'ora di cena. Perciò mancavano ancora molte ore.

«Meno male» pensò Daniele. «Se ci fossero loro, non mi lascerebbero mettere il naso fuori dalla porta.»

Invece con i nonni... Con i nonni era molto diverso. Loro gli facevano fare tutto quello che voleva.

– Lavati bene gli occhi e le orecchie – gli raccomandò sua nonna dalla cucina. – Indossa il maglione pesante, metti la sciarpa e il berretto di lana.

– E i guanti no? – gridò Daniele dal bagno.

– Certo, anche i guanti. E gli stivali, naturalmente.

Gli stivali Daniele li avrebbe messi anche con il sole, perché erano belli, morbidi, comodi... Un regalo del nonno per il suo settimo compleanno.

Daniele scese tutto imbacuccato, ma la nonna gli disse: – Non puoi uscire senza prima avere messo una scodella di latte caldo nella pancia, oltre a una decina di biscotti.

Daniele sospirò, si tolse i guanti e il berretto e si sedette al suo posto.

– Buoni – disse sgranocchiando i biscotti, senza inzupparli nel latte.

– Ci credo – disse la nonna. – Li ho fatti io. Non sono roba confezionata. Mangia piano.

Ma Daniele trangugiò latte e biscotti in pochi minuti e disse: – Sono pronto.

– Il cielo è nuvoloso – disse sua nonna. – Potrebbe nevicare di nuovo.

– Magari!

– Non allontanarti troppo. E appena senti che il naso ti diventa rosso, torna subito indietro.

– Dov'è Rolf? Ah, eccolo!

Rolf, un pastore tedesco, era il miglior compagno di giochi per Daniele, quando stava dai nonni. Era vecchio, Rolf, e avrebbe preferito starsene al caldo vicino al ca-

minetto del soggiorno. Ma a Daniele non diceva mai di no.

– Vieni con me, Rolf? – gli chiese Daniele quando lo vide entrare in cucina sbadigliando.

Rolf brontolò e Daniele gli grattò la testa.

Quando uscirono, una folata di vento colpì Daniele sul viso facendolo rabbrividire. Anche Rolf rabbrividì e scosse la sua pelliccia.

– Dai, andiamo – gli disse Daniele. – Voglio arrivare fino al bosco. Ma dov'è finita la strada?

La strada era sparita sotto mezzo metro di neve.

– Quanta ne è caduta! – esclamò Daniele. In città non aveva mai visto tanta neve, perché di solito gli spazzaneve cominciavano a schiacciarla e a rimuoverla prima ancora che cadesse sull'asfalto.

Adesso, invece, aveva davanti a lui un manto bello spesso, nel quale affondava quasi fino alle ginocchia.

La neve formava un manto bello spesso...

Dopo essere avanzato per un centinaio di metri, Daniele si fermò: si girò verso la casa dei nonni e osservò le orme che lui e Rolf avevano lasciato. Poi riprese a camminare e arrivò ai margini del bosco.

– Entriamo? – chiese a Rolf.

Rolf abbaiò.

– Allora?

Rolf abbaiò di nuovo.

Entrati nel bosco, Daniele si mise a osservare i tronchi d'albero che affioravano dalla neve e i rami che sembravano stracarichi di panna morbida.

E poi fu colpito dal silenzio. Non si era mai trovato in mezzo a un silenzio come quello. Aguzzò le orecchie, ma non riuscì a sentire niente di niente. Non c'era proprio nessuno in quel bosco?

Daniele rabbrividì e si sentì solo. Per fortuna c'era Rolf con lui. A un tratto, cominciarono a cadere i primi fiocchi.

– Ehi, Rolf, nevica di nuovo. Forse è meglio tornare indietro – disse al cane.

Ma quando si voltò, Rolf non c'era più.

Daniele aprì la bocca per la sorpresa. Che Rolf fosse tornato a casa senza di lui? Non poteva crederci.

– Rolf, Rolf, dove sei? – riuscì finalmente a gridare mentre la neve, che cadeva fitta fitta, gli impediva di vedere lontano.

Ah, eccolo Rolf, stava arrivando dalla sua sinistra.

Ma cosa stringeva in bocca?

Rolf si fermò davanti a Daniele, e Daniele gli tolse di bocca un passero immobile.

– Che cosa fai adesso? Ti metti a dare la caccia agli uccelli? – chiese Daniele a Rolf.

Rolf abbaiò, per protesta.

– Scusa, Rolf.

Il passero, infatti, era intatto: però sembrava congelato.

Daniele se lo mise in tasca, e disse al cane: – Torniamo dai nonni.

La nonna lo aspettava sulla soglia di casa e da lontano gli gridò: – Presto, presto! Dove sei stato?

– Nel bosco.

– Che idea! Con questo tempo. Vieni a riscaldarti e a bere un po' di latte e miele.

– Non lo voglio, nonna. Guarda cos'ha trovato Rolf nel bosco.

Daniele tirò fuori dalla tasca della giacca a vento il passero che Rolf gli aveva portato.

Ma quando lo mise sul tavolo della cucina, aprì la bocca ed esclamò: – Oh!

– Ah, questa poi! – disse sua nonna.

E Rolf abbaiò più volte di seguito.

Il passero, infatti, aveva aperto un occhio e aveva cominciato a muoversi sul piano del tavolo.

– Ma è vivo! – urlò Daniele.

Daniele prese il passero, lo strinse fra le mani per riscaldarlo e lo portò nella sua camera. Poi lo posò sul letto e rimase a osservarlo mentre cercava di rimettersi sulle zampe.

Fuori continuava a nevicare. Oltre la barriera dei fiocchi di neve gli alberi non si vedevano più. E Daniele ripensò al silenzio nel bosco. Chissà quanti altri passeri erano rimasti sepolti sotto la neve. Però Rolf ne aveva salvato uno e lui, Daniele, gli avrebbe ridato presto la libertà...

LA NONNA DI TAZIO

– Vuoi conoscere mia nonna? – mi ha chiesto Tazio stamattina.

– Sì – gli ho risposto.

– Allora vieni da noi verso le cinque.

La nonna di Tazio è una donna alta, ha i capelli d'argento e sembra una signora che abbia fatto l'attrice quando era giovane.

– Ciao, Valentina – mi ha detto, accogliendomi con un sorriso.

– Buongiorno, signora. Anzi, buon pomeriggio.

– Di' pure buonasera. È già buio. Entra, entra. Fuori fa freddo.

Mi ha fatto accomodare in un soggiorno dove si soffocava dal caldo e mi ha detto: – Vado a prepararvi la merenda.

Io mi sono sfilata il maglione e sono rimasta in maniche di camicia.

– Spero che tua nonna non mi consideri una sfacciata – ho detto a Tazio.

– Lei a certe cose non bada. Adesso mi tolgo anch'io il maglione.

– Tu dove dormi? – gli ho chiesto.

– Su quel divano.

– Adesso stai quasi sempre da tua nonna, vedo.

– Abita vicino alla scuola. E poi i miei sono più liberi di muoversi per il loro lavoro.

– Vedi la televisione insieme a lei, la sera?

– Solo qualche volta. Mia nonna, di solito, va a letto presto. Ma la mattina si alza alle cinque e mezzo.

– E sveglia anche te?

– No, è più silenziosa di una gatta. Quando mi alzo, la colazione è già pronta. Mi lavo, mangio e vengo a scuola.

– Insomma, ti tratta come un principe.

– Io però le do una mano a stendere i panni e ad asciugare i piatti.

– Mi sembra giusto.

La nonna di Tazio è arrivata con un vassoio sul quale c'erano panini e succhi di frutta, lo ha posato su un tavolino davanti al divano e ha detto: – Servitevi. Di cosa stavate parlando?

– Di lei.

– Di me? E cosa ti diceva mio nipote?

– Che lei è una nonna in gamba.

– Faccio del mio meglio per non viziarlo. Dici che ci riesco?

– Perché lo chiede a me?

– Perché mi sembra che tu lo conosca bene.

– Come fa a dirlo?

– Beh, lui non la smette mai di parlarmi di te.

Si è versata del succo di frutta in un bicchiere e ha detto: – Era da tanto tempo che volevo conoscerti, Valentina.

– Come vede, sono una ragazza normale. Forse l'ho delusa.

– Assolutamente no. Intanto, sei molto carina.

– Grazie.

– Soprattutto, però, mi interessava capire come ragioni. Tazio mi dice tante cose di te. Mi parla del tuo modo di pensare, del tuo partecipare alle discussioni in classe, delle tue curiosità che spesso mettono in imbarazzo il maestro.

– Oh, il nostro maestro è eccezionale. Ci fa parlare, ci lascia dire quello che pensiamo senza mai giudicarci. È proprio in gamba.

– Sei proprio come ti avevo immaginata.

– Vuol dire che parlo troppo?

– No, mi piacciono i ragazzi che dicono quello che pensano senza peli sulla lingua. E tu, Tazio, come mai non dici niente?

Alla domanda della nonna, Tazio ha alzato le spalle e ha dato un morso al suo panino stracarico di marmellata.

Dopo aver finito di masticare, ha detto: – Tu vuoi parlare solo con lei.

– Beh, adesso non fare il geloso!

Io ho guardato Tazio. Aveva la bocca sporca di marmellata e sembrava che si sentisse trascurato.

Allora ho chiesto a sua nonna: – Ha dei progetti per Natale?

– Non ho alcun viaggio in programma – mi ha risposto. – E mio nipote dovrà accontentarsi di stare con me, perché i suoi saranno all'estero.

– Allora, visto che sarete a casa, perché non venite a festeggiare il Natale da noi?

– Da voi?

– Sì, a casa nostra. I miei sarebbero d'accordo. Gliel'ho già accennato.

– Ma Valentina, io non conosco i tuoi genitori e non vorrei disturbare...

– Dirò a mia madre che le telefoni, così vi parlate e fate conoscenza. Uhm, sono le sei. Bisogna che vada a casa.

– Ti accompagno – ha detto Tazio.

Arrivati in strada, gli ho detto: – Hai una nonna davvero speciale.

Tazio è entrato nel portone di casa mia e mi ha accompagnata fino all'ascensore. Prima di andarsene, mi ha chiesto: – Posso darti un bacio?

Io gli ho offerto subito una guancia, per prendermi il suo bacio, poi gliene ho scoccato uno che è risuonato fino al primo piano.

– Ciao – gli ho detto. – Ti devo una merenda.

Sono entrata in casa cantando felice e mi sono subito messa a scrivere una nuova storia per Luca.

NOTTE DI NATALE IN AUTOSTRADA

Roberto era andato a trovare con suo padre la zia Cristina, che abitava a Milano. Cristina era una donna già anziana che viveva per conto suo, ma era comunque sempre allegra.

– Non voglio facce tristi intorno a me – ripeteva.

– Ma non ti annoi a stare da sola? – le aveva chiesto il padre di Roberto. – Perché non vieni a passare la vigilia di Natale con noi? In fondo, sono meno di due ore di macchina da Milano a Torino. C'è l'autostrada...

– No, grazie, preferisco il calduccio di casa mia.

– Anche a casa nostra si sta al caldo – aveva osservato Roberto.

– Non è proprio la stessa cosa. E poi in questi giorni le gambe non mi ubbidiscono come vorrei. Non preoccupatevi per me. So cavarmela benissimo da sola.

– Allora, buon Natale, zia – le aveva detto Roberto baciandola e stringendo la scatola con il regalo. Era un bel pacchetto, tutto colorato.

– Non vuoi sapere cosa c'è dentro? – gli aveva chiesto la zia.

– No, preferisco la sorpresa domani mattina.

– Andate, andate. E attenti alle strade.

Le vie di Milano, in effetti, erano ancora coperte di neve.

E quando imboccarono l'autostrada cominciarono ad avanzare a passo di lumaca.

– Non credevo che ci sarebbe stato tanto traffico anche la vigilia di Natale – disse il padre di Roberto. – Che ore sono?

– Le sette precise – gli rispose Roberto.

– Se procediamo di questo passo arriveremo a casa dopo cena.

– Non puoi avvisare la mamma?

– No, perché ho dimenticato di prendere il cellulare. Se facciamo proprio tardi mi fermerò a telefonare da un autogrill. Ti piace zia Cristina?

– Sì. Mi fa sempre i regali.

– Solo per questo?

– No. Anche perché non si lamenta mai. E poi profuma di pulito.

Il padre di Roberto rise e disse: – È sem-

pre stata una maniaca della pulizia, mia sorella. Ma adesso, secondo me, ha bisogno di qualcuno che le dia una mano. Non può continuare a fare tutto da sola... Oh, no, dev'esserci un'interruzione laggiù!

Le auto rallentavano e accendevano le luci lampeggianti.

– Speriamo che non duri a lungo! – sospirò il padre di Roberto.

– Cosa sarà successo, papà?

– E chi lo sa? Forse ci saranno dei lavori in corso, forse c'è stato un tamponamento... Guarda, ha ripreso a nevicare.

Ormai era buio, e Roberto vedeva danzar la neve davanti ai fari dell'auto.

Mezz'ora dopo, erano ancora fermi allo stesso punto. Il padre di Roberto si strinse la sciarpa al collo e disse al figlio: – Vado a chiedere informazioni. Tu non muoverti.

Per fortuna l'auto era ben riscaldata e Roberto si accoccolò nel suo sedile pensando al regalo di zia Cristina, che stava nel portabagagli.

Suo padre tornò quasi subito.

– È un bel guaio! – esclamò sedendosi al posto di guida e scrollandosi la neve di dosso.

– Quando si riparte? – gli chiese Roberto.

– Dicono che è crollato un ponte. Probabilmente faranno uscire i veicoli dall'autostrada e li immetteranno sulla statale. Ma credo che ci sarà da aspettare un bel po'.

– Che rabbia! – brontolò Roberto. – E la mamma, come facciamo ad avvisarla?

– L'ho già avvisata. Mi hanno prestato un cellulare e l'ho chiamata. È tutto a posto.

«Tutto a posto?» pensò Roberto. Era "tutto a posto" starsene bloccati sull'autostrada, senza sapere quando sarebbero ripartiti e a che ora sarebbero arrivati a casa?

– Credi che riusciremo ad arrivare prima di mezzanotte? – chiese a suo padre.

– Non lo so.

Ma alle dieci e mezzo non si erano mossi neanche di un metro.

– Scommetto che a mezzanotte saremo ancora qui – sospirò Roberto.

– Mi dispiace, figliolo. Ma non so che farci. Stai bene? Hai freddo?

– Fa fin troppo caldo.

La neve si stava accumulando sul parabrezza.

– Ricordi l'anno scorso? – chiese a un certo punto Roberto al padre. – A quest'ora stavamo giocando a tombola.

– Ricordo.

– E ricordi che io vincevo sempre?

– Ricordo.

– E ricordi che a un certo punto hai detto: «Secondo me Roberto bara. Non può essere così sfacciatamente fortunato».

– Ricordo. E dimmi la verità: baravi?

– Adesso posso dirtelo. Ho barato solo una volta. Mi dispiace.

– Lascia perdere. Mi sono divertito lo stesso. Peccato che stasera non potremo stare con gli altri.

Roberto fu sul punto di dire: «Ci siamo io e te, papà».

Vedeva talmente poco suo padre! Negli

ultimi mesi non erano mai stati insieme tanto tempo a chiacchierare.

– Sei contento di stare con me, papà?

– Sì capisce. Perché me lo chiedi?

– Così.

Suo padre gli mise un braccio sulle spalle e gli chiese: – Ti piacerebbe avere un fratello?

– Credo di sì.

– Pensare che io ne ho avuti quattro, tra fratelli e sorelle!

– E andavi d'accordo con tutti?

– Sì. Ma quella che mi piaceva di più era Cristina. Mi faceva giocare, mi portava in giro, mi difendeva dai prepotenti e mi curava quando ero ammalato. Insomma, più che una sorella, era una seconda madre. E non si arrabbiava mai.

– Tu lo vorresti un altro figlio, papà?

– Bisogna che ne parli con tua madre.

– Credo... credo che mi piacerebbe proprio avere un fratello.

Alle dodici meno un quarto Roberto dormiva. Suo padre tamburellava con le dita sul volante e non sapeva se svegliarlo oppure no.

Gli altri automobilisti cominciavano a uscire dalle auto e si scambiavano gli auguri, come se avessero a che fare con degli amici, invece che degli sconosciuti.

– Auguri... auguri...

Il padre di Roberto abbassò il finestrino e fece anche lui gli auguri agli occupanti delle auto vicine.

– Se non altro, sarà un Natale diverso dagli altri – disse una donna.

Il padre di Roberto pensò a Cristina che se ne stava al caldo nella sua casa, alla moglie e agli amici che li aspettavano e diede un'occhiata piena di tenerezza al figlio.

A mezzanotte precisa, lo scosse piano. Roberto aprì gli occhi e suo padre gli mormorò in un orecchio: – Buon Natale, figliolo.

– Buon Natale, papà – rispose lui.

Poi chiuse gli occhi e si riaddormentò.

LUMINARIE IN VIA ROMA

Ieri sera mio padre ha portato me e mio fratello in via Roma.

È la via più illuminata della città. Volevo vedere come l'avevano trasformata gli operai del Comune, che ci avevano lavorato per giorni.

Abbiamo parcheggiato l'auto un po' lontano e siamo andati a piedi fino in piazza Castello.

– Sembra quasi giorno! – ho esclamato, quando ho visto i festoni di luce che andavano da una parte all'altra della via, scavalcavano piazza San Carlo e proseguivano fino a piazza Carlo Felice, davanti alla stazione di Porta Nuova.

– Avranno speso un sacco di soldi – ha detto mio padre guardandosi attorno. – Forse sarebbe stato meglio risparmiare.

Io vado di rado in via Roma, perché è lontana da casa. E tutti quei negozi di lusso, troppo costosi per noi, non mi attirano molto. Anche se mi piace ammirare i vestiti, i golfini, i jeans, le gonne, i reggiseni e la biancheria raffinata che indossano i manichini.

– Ti piacerebbe regalare quella sottoveste alla mamma? – ho chiesto a mio padre, fermandomi davanti a uno dei negozi sotto i portici.

– Mi piacerebbe sì – mi ha risposto – ma se ne andrebbe una bella fetta del mio stipendio. Penso che anche lei non sarebbe d'accordo.

– Secondo te, che cosa desidera di più la mamma per questo Natale?

– Probabilmente una nuova lavatrice. Quella che abbiamo ha fatto il suo tempo, il filtro si intasa spesso e ogni tanto il bagno si allaga.

– Pensi di comprargliela?

– Sì. Andremo insieme ad acquistarla.

Mentre parlavo con mio padre, non la smettevo di guardarmi intorno e di osservare la gente che passeggiava o che stava ferma davanti alle vetrine delle pasticcerie e i ragazzi e le ragazze che si baciavano.

– Che roba! – ha detto a un certo punto Luca, quando ha visto due che sembravano attaccati con la colla. – Anche tu ti farai baciare così un giorno? – mi ha chiesto guardandomi negli occhi.

A quella domanda, non ho saputo cosa rispondere. Ma dato che Luca insisteva, gli ho detto: – A una certa età è normale.

In quel momento ho visto Irene sgusciare tra la folla.

Era lei, ne ero sicura, perché indossava lo stesso vestito che portava quando l'avevo incontrata a Porta Palazzo. Ho cercato Russell con gli occhi, ma non l'ho visto. Erano le nove passate.

Ho pensato che il giorno dopo l'avrei rivista, e mi è passata la voglia di farmi largo tra la folla per correre a inseguirla.

Allora ho detto: – Papà, vorrei tornare a casa. Ho molto sonno.

– Che roba! – ha detto a un certo punto Luca...

E quando Luca ha aggiunto: – Ho sonno anch'io – mio padre ha fatto dietrofront e siamo andati a prendere la nostra auto.

NUOVO INCONTRO CON IRENE

Il giorno dopo, alle dieci e mezzo, ero a Porta Palazzo, nello stesso punto in cui avevo incontrato Irene tre giorni prima.

Mi sono guardata intorno con attenzione, ma non riuscivo a scorgerla da nessuna parte. Forse aveva rinunciato a venire. Forse ne aveva avuto abbastanza delle mie continue domande.

Forse le facevo solo perdere tempo e le impedivo di guadagnare i soldi di cui aveva bisogno. Forse mi aveva dato quell'appuntamento per prendermi in giro.

Delusa, ho deciso di riprendere il pullman e di tornare a casa.

Ma, proprio in quel momento, qualcuno mi ha messo una mano su una spalla e mi ha detto: – Ho fatto tardi, mi dispiace.

– Ciao, Irene – le ho detto con una gioia che l'ha sorpresa.

– Vieni, andiamo da quella parte – mi ha proposto.

Prima di muoverci, però, Russell mi è quasi saltato addosso e si è messo a guaire come se avesse aspettato con impazienza quell'incontro.

– Ciao, Russell – gli ho detto accarezzandogli la testa e cercando di frenare quelle effusioni che un po' mi stupivano, un po' mi commuovevano.

– Ma guarda un po' – ha detto Irene. – A me non ha mai fatto tante feste. Beh, Russell, datti una calmata. Non vorrai lavarla da cima a fondo. Lei è pulita, non ha i vestiti sudici come i miei.

Io stavo per replicare, ma lei mi ha chiesto: – Mi offri qualcosa da mangiare?

– Certo, con molto piacere.

– Questa volta non voglio il latte e la brioche. Preferisco un panino. Andiamo da Orbilio, è quello che li fa meglio di tutti.

Orbilio, un tipo che stava dietro un chiosco a preparare panini e a vendere pizzette, quando ha visto avvicinarsi Irene le ha chiesto: – Il solito?

Irene ha risposto: – Il solito, ma questa volta paga lei. E falle un po' di sconto. Puoi rubare agli altri, se proprio vuoi.

– Io, per tua regola, non rubo a nessuno e faccio onestamente il mio lavoro.

– Non farmi ridere.

– Sempre perfida, Irene, eh? Ecco qua il tuo panino. Fa un euro. Veramente il prezzo giusto sarebbe un euro e cinquanta centesimi. Però sei una cliente affezionata e non voglio perderti.

– Perché ti chiami Orbilio? Non credo che esista un santo con questo nome.

– Dicono che sia il nome di un santo poco raccomandabile. Tutto il contrario di me, insomma.

– Eh, già, perché tu invece sei un agnellino, non è vero, Orbilio?

– Puoi dirlo. Io non farei male a una mosca.

– Davvero? Chissà quante ne fai fuori qui, sul tuo banco!

– Quelle non contano. Non voglio che si posino sul pane e le focacce che poi devono mangiare i miei clienti. Ci sto molto attento.

– Beh, adesso ti saluto. Ho da fare.

– Buona giornata, Irene. E sta' attenta...

– Alludi a lei?

– No, lei mi sembra innocua. Alludo ai malintenzionati che circolano nella piazza.

– Non mi fanno paura. Se qualcuno mi tocca con un dito, Russell glielo stacca e se lo mangia.

– Va', va', ci vediamo...

– Ci rivedremo eccome, purtroppo mi viene fame tutti i giorni!

Dopo quella conversazione, Irene mi ha presa per un braccio e mi ha portata in una delle stradine che circondano Porta Palazzo.

– Orbilio è un tipo a posto – mi ha detto. – È l'unico col quale mi fido a parlare. Tieni Russell per il guinzaglio, per piacere, altrimenti non riesco a mangiare il panino. Andiamo per di là.

La stradina che stavamo percorrendo era sporca e poco frequentata.

– Dove stiamo andando? – ho chiesto a Irene.

– Non vuoi incontrare Benedetta? Il suo appartamento è piccolo, ma pulito. Benedetta è fissata con la pulizia. Dice che nel pulito si vive più a lungo e si tengono lontani i dottori. Comunque, se sei schizzinosa, lasciamo perdere. Possiamo tornare sulla piazza o farci un giro lungo corso Giulio Cesare.

– Andiamo da Benedetta. Ho voglia di conoscerla.

Irene mi ha guardata con riconoscenza e ha detto: – Sei la prima che sa di noi due. Nemmeno la gente del palazzo scrostato in cui abitiamo sa che io vivo con lei. O se lo sa, si fa i fatti suoi. Benedetta ha sparso la voce che sono sua nipote e finora non abbiamo avuto sorprese.

– Quali sorprese?

– Assistenti sociali, carabinieri...

A CASA DI BENEDETTA

Mentre ci avvicinavamo a una casa dai balconi con le ringhiere contorte, mi sono rivolta a Irene e le ho detto: – Ti ho vista ieri sera.

– Dove?

– In via Roma.

– Eri anche tu a passeggio?

– Ci sono andata con mio padre e mio fratello per vedere le luminarie di Natale.

– Io invece ho fatto un salto per vedere di racimolare qualche soldo. Voglio fare un regalo a Benedetta. Sai cosa voglio comprarle? Uno scialle e delle pantofole. Lo scialle che ha è diventato trasparente e le pantofole sono tutte consumate. Ci credi che un paio di pantofole di pelle arriva a costare anche cinquanta euro? Cose da matti. Però, per Natale, voglio che Benedetta possa tenere i piedi al caldo. In ogni caso deve essere una sorpresa, perché Benedetta non vuole che spenda neanche un centesimo per lei. Anche lei vorrebbe farmi un regalo. Ma le ho già detto che se ho bisogno di qualcosa me la compro io. Però sono certa che uno di questi giorni, quando non ci sono, scenderà col suo bastone e andrà a comprarmi chissà che.

– Che cosa ti piacerebbe ricevere a Natale?

– A te posso dirlo. Un bel berretto di lana, una sciarpa scozzese e un paio di guanti. Ma vorrei anche un paio di scarpe robuste. Io cammino parecchio e consumo in fretta le suole. Vedrò se riesco a comprarmi qualcosa con i miei soldi.

– Quanto riesci a mettere insieme in un giorno?

– Dipende. Ci sono giorni buoni e giorni pessimi. Di solito il giorno migliore è il sabato. Sembra che nel fine settimana la gente sia più generosa. Ma in questi giorni non mi posso lamentare. Arriva il Natale e ci sono più persone pronte ad aprire il portafoglio per alleggerirsi la coscienza. Ecco, siamo arrivate.

Irene ha spinto un portone senza serratura, siamo entrate in un androne buio e abbiamo salito a tentoni due rampe di scalini scheggiati.

– In queste case è buio anche a mezzogiorno – ha detto Irene. – Nella cucina di Benedetta c'è una sola finestra che dà su un cortiletto dove non batte mai il sole.

Al primo piano, Irene ha bussato a una porta e ha detto: – Benedetta, apri, sono io, e sono accompagnata.

Dietro la porta ho sentito dei passi strascicati, poi la porta si è aperta piano piano e un viso rugoso ci ha guardato attraverso la fessura.

– Accompagnata da chi? – ha chiesto.

– Dai, Benedetta, lasciaci entrare.

La porta si è aperta del tutto, la donna si è ritirata e Irene mi ha fatto strada in una stanza in penombra.

Poi ha detto alla donna: – Benedetta, accendi la luce. Non si vede un accidente.

– Aspetta ancora un po'. La luce costa.

– Guarda che io non sono una gatta, al buio non riesco a vedere.

Irene ha schiacciato un pulsante accanto alla porta. La lampadina al centro della stanza faceva poca luce e dava un colore triste alle cose: una vecchia credenza, un tavolo, tre sedie, un divano ricoperto di stoffa consumata, una cucina a gas.

– Oh, adesso si ragiona! – ha esclamato Irene. E, spingendomi avanti, ha detto: – Benedetta, questa è Valentina. Almeno, così dice di chiamarsi.

Benedetta si è seduta su una sedia, ha allungato una mano e mi ha detto: – Ciao Valentina, sei un'amica di Irene?

– Piano, piano – ha detto Irene. – La conosco appena. E poi io non ho amici, lo sai.

– È per questo che sono rimasta sorpresa vedendoti arrivare con lei.

– Comunque adesso è qui. Cosa vogliamo offrirle? Non c'è un po' di aranciata o qualcosa del genere?

– No.

– Eppure mi sembrava di averne comprate un paio di bottiglie la settimana scorsa.

– Le abbiamo finite tutte e due.

– E perché non me l'hai detto? Ne avrei comprate delle altre.

– Non importa, non ho sete – ho detto.

– Io sì, però – ha brontolato Irene. – E l'acqua del rubinetto ha un saporaccio. Faccio un salto a comprare una bottiglia di aranciata.

E prima che Benedetta o io potessimo dire qualcosa, Irene ha afferrato un biglietto da cinque euro che era sulla credenza, ha infilato la porta ed è uscita.

Il cielo doveva essersi aperto, perché nella stanza ha cominciato a farsi più chiaro.

Allora Benedetta mi ha chiesto: – Ti spiace spegnere la luce, per favore?

L'ho spenta e sono andata a sedermi davanti a lei.

LA STORIA DI IRENE

– Come mai conosci Irene? – mi ha chiesto subito dopo Benedetta.

– L'ho incontrata per caso l'altro giorno a Porta Palazzo.

– Le hai fatto un'elemosina particolarmente generosa?

– No, le ho solo offerto un bicchiere di latte e una brioche.

– Non so come sei riuscita a conquistarti la sua fiducia. Irene è molto diffidente. Cosa ti ha detto di lei?

– Quasi niente. Non le piace che le si facciano troppe domande.

– Lo so. Ma se ti ha portata da me, vuol dire che non ti considera un pericolo. Dunque non sai nulla della sua vita.

– No.

– Non voglio che ci siano equivoci, Valentina. Per esempio non vorrei che tu credessi che io la tratto male, o che la obbligo ad andare a chiedere l'elemosina.

– No, no, ho capito che Irene le vuole bene. Lei è una sua parente?

– No, anch'io l'ho conosciuta per caso. Tanto vale che ti racconti quello che so di lei. Fino ad alcuni mesi fa, Irene era ospite di un istituto per bambini abbandonati. Da quello che mi ha detto, è praticamente cresciuta lì. A un certo punto si è stancata di aspettare che qualcuno la adottasse ed è scappata. Un giorno l'ho vista seduta in strada a chiedere l'elemosina, mi sono fermata a parlare con lei e le ho detto che potevo ospitarla finché non si decideva a tornare all'istituto. Ma lei non vuole saperne e io sono preoccupata. La stanno cercando e, se la trovano da me, rischio di passare un guaio. Ma non me la sento di tradirla. È per questo che lei si muove come un'ombra quando esce di casa e si tiene ben lontana da vigili, poliziotti e carabinieri. Io ho imparato a volerle bene, perché, anche se sembra scorbutica, è una bambina affettuosa, e mi fa anche molta compagnia, lo ammetto. I miei soldi potrebbero bastare anche per lei, però Irene è cocciuta e scende in strada a chiedere l'elemosina anche se sa che è pericoloso. Ma io non tocco il denaro che porta a casa. Le ho dato una scatola da scarpe e le ho detto di metterlo lì dentro per il suo futuro.

In quel momento Irene è entrata nella stanza come una folata di vento e ha detto:
– Ho trovato solo del succo di ananas.

Benedetta e io l'abbiamo guardata come due cospiratrici, e credo che abbia intuito che avevamo parlato di lei. Infatti ha messo il broncio e, guardandoci negli occhi, ha detto:
– Non mi piace che si parli alle mie spalle.

Ma poi è ridiventata subito allegra e ha

detto a Benedetta: – Sta per uscire il sole, così non avrai bisogno di accendere la luce fino a sera e la smetterai di lamentarti.

– Irene, non essere impertinente.

– E tu non ti comportare come una nonna arcigna.

– Irene, che dici? Non lo sono mai stata.

– Vabbè, lasciamo perdere.

Nella mezz'ora successiva abbiamo chiacchierato del tempo e del prossimo Natale. E prima di andar via, ho notato che in un angolo della stanza c'erano tre libri messi uno sull'altro.

Irene se n'è accorta e mi ha detto: – Sono miei. Su, andiamo via. Io devo tornare a lavorare.

– Irene, resta a casa – le ha detto Benedetta.

– A far che? A soffocare in questa stanza? Io ho bisogno di aria. E ne avresti bisogno anche tu. Vedi di uscire un po' di più.

– Lo sai che faccio fatica a camminare.

– È appunto per questo che devi farlo. Se

perdi l'allenamento, ti bloccherai sulla sedia e morirai seduta. Ciao, Benedetta, ci vediamo verso le due.

Uscite in strada, ho detto a Irene: – Mi sembra che tu sia molto dura con Benedetta.

– Sciocchezze. È un gioco e lei lo sa. E poi la devo tenere sveglia, se no finisce che non esce più di casa.

– Mi sembra una brava donna.

– È la migliore tra quelle che ho conosciuto. Dimmi la verità, Benedetta ti ha parlato di me?

– Sì.

– Lo immaginavo. Adesso terrai la bocca chiusa, mi auguro.

– Naturalmente. Non dirò nulla che possa allontanarti da lei.

– Brava, se no vorrebbe dire che mi sono sbagliata a fidarmi di te.

– Adesso dove andrai?

– Farò un giretto dalle parti di piazza Solferino. È una buona zona...

– Ci vedremo di nuovo?

– Se ti va.

– Però possiamo incontrarci solo nel pomeriggio. La mattina sono a scuola.

– A scuola! Lo sai che non sono mai andata a una scuola pubblica? Com'è?

– Come tutte le scuole. Un po' ci si diverte, un po' ci si annoia. Comunque è bello stare con quelli che hanno la tua età: si studia, si pensa a quando finirà e a cosa si farà da grandi.

Irene è rimasta pensierosa e, dopo aver taciuto per un po', mi ha chiesto: – Dove abiti di preciso?

– Vuoi venire a casa mia?

– Scherzi? Io non metto piede a casa di nessuno.

Le ho detto dove abito e ci siamo date appuntamento tre giorni dopo davanti a una chiesa.

Poi mi sono chinata ad accarezzare Russell, ho detto ciao a Irene e sono andata a prendere l'autobus per tornare a casa.

MANTENERE UN SEGRETO

Dopo cena mi ha chiamato Ottilia.

– Ti ho cercata un sacco di volte, ma tua madre mi diceva sempre che non c'eri. Dove sei andata?

– A Porta Palazzo.

– A fare che?

– La spesa.

– E perché sei andata da sola?

– Non è la prima volta che lo faccio.

– Comunque potevi avvisarmi. Avremmo potuto andare insieme.

– Lo farò la prossima volta.

– Valentina, parli in modo strano.

– Che cosa vuoi dire?

– Non so, mi sembra proprio che tu mi stia nascondendo qualcosa.

A quella intuizione di Ottilia, sono rimasta silenziosa. È possibile tradirsi anche solo con il tono della voce? O forse le amiche

che ci conoscono bene indovinano anche ciò che non diciamo?

– Ottilia, domani ti spiegherò.

Stamattina, a scuola, le ho detto: – È vero che sono andata a Porta Palazzo, ma non per fare la spesa.

– E per fare cosa, allora?

– Per incontrare una nuova amica.

– Valentina, cosa dici?

– Ascolta, Ottilia, io ti racconto sempre tutto. Ma in questo caso devo assolutamente mantenere un segreto. Mi dispiace.

– Come vuoi...

– Dai, non prendertela. È una faccenda seria e non vorrci combinare pasticci. Si tratta di una bambina che è fuggita da un istituto e che non ha nessuna voglia di ritornarci. Perciò meno persone conoscono la situazione, meglio è.

– Che razza di storia. Non ti starai mettendo nei guai? Forse dovresti avvisare la polizia, i carabinieri, che ne so.

– E tradirla?! Non potrei mai.

– Scusa, ma come vive questa bambina?

– Con una donna anziana che la ospita in casa. Lei, però, va a chiedere l'elemosina.

– Davvero?

– Purtroppo sì.

– Dimmi soltanto come si chiama e come l'hai conosciuta.

Quando ho finito di raccontare, Ottilia mi ha detto: – Non so che consiglio darti.

– Benedetta cerca di convincerla a non chiedere più l'elemosina. Irene le vuole bene, sono certa che prima o poi finirà per ubbidirle.

– La vedrai ancora? Mi piacerebbe conoscerla.

– Abbiamo un appuntamento tra un paio di giorni. Le parlerò di te, magari accetterà di incontrarti.

Poi Ottilia ha cominciato a parlarmi del prossimo Natale, dei regali che si aspetta, delle vacanze che vuole godersi fino in fondo.

Prima di salutarci le ho chiesto: – Allora, ti piacerebbe passare il Natale con me?

– Magari.

– L'hai già chiesto ai tuoi?

– Glielo chiedo appena torno a casa.

– Bene, fammi sapere.

ANCHE ROSA È INVITATA

Rosa adesso è in pensione, ma una volta faceva la bidella nella mia scuola. Oggi sono andata a trovarla a casa sua.

– Valentina, che piacere rivederti!

– Ciao, Rosa, come stai?

– Bene. Solo le gambe ogni tanto mi tradiscono. Ma non si può fermare il tempo. E tu, come te la passi?

– Abbastanza bene. Rosa, sono venuta per chiederti se ti piacerebbe passare il Natale con noi.

– Ma Valentina, io sono praticamente un'estranea per la tua famiglia.

– Stai scherzando? Tu sei sempre stata una delle mie più care amiche. E poi anche i miei ti sono molto affezionati.

– Lo so, hai dei genitori in gamba.

– Allora considerati invitata.

– Ci sarà molta gente? Te lo chiedo perché io mi imbarazzo facilmente.

– Ce ne sarà tantissima. Voglio che questo sia il Natale più affollato degli ultimi anni.

– Allora porterò qualcosa per dare una mano alla tua mamma.

– Non devi portare niente, Rosa. Basta che porti te stessa. È questo che conta!

Rosa ha sospirato e ha detto: – Ho molta nostalgia di te, Valentina. Ci facevamo tante di quelle chiacchierate quando ero a scuola!

– Purtroppo, come hai detto tu, il tempo non si può fermare. Ma forse è meglio così. Credo che ci annoieremmo a restare sempre le stesse. Ciao, Rosa. Allora ci conto, eh?

– Ciao, Valentina. E grazie per l'invito.

A casa ho scritto la mia terza storia per Luca. Ho voluto metterci dentro un po'... di brividi, perché mio fratello ama le storie di paura.

PASSI NELLA NOTTE

I genitori di Mirko e Rossana avevano affittato una vecchia casa nei dintorni di Champoluc, in Valle d'Aosta, a quasi mille e seicento metri di altitudine.

Intendevano festeggiare il Natale tra la neve, che quell'anno era caduta in abbondanza.

– Per alcuni giorni vivremo tutti insieme lontano dalla città, dal traffico e dal frastuono – aveva detto il padre di Mirko e Rossana.

E così era stato.

La mattina uscivano insieme, facevano delle passeggiate e a volte arrivavano fino a Saint Jacques, arrancando nella neve.

– Basta, non ce la faccio più – diceva a un certo punto Mirko, che aveva otto anni e non era abituato alle lunghe camminate.

– Coraggio – lo spronava Rossana, che di anni ne aveva quasi undici e che un giorno avrebbe voluto scalare il Monte Bianco.

– Vi dico che non ce la faccio più! – insisteva Mirko.

– D'accordo, andiamo a casa – diceva allora il padre.

Tuttavia, Mirko non era molto contento di tornare: la casa che avevano preso in affitto era molto malconcia. Per di più in paese si diceva che fosse abitata da un fantasma che di tanto in tanto si faceva vedere o sentire.

– È troppo vecchia – aveva detto subito. E il giorno dopo si era lamentato: – Di notte non riesco a dormire. Si sentono dei rumori...

– Rumori? Quali rumori? – gli aveva chiesto la madre.

– Rumori sul tetto, nel corridoio, in cucina, dappertutto.

– Rossana, tu cosa mi dici?

– Mamma, io non ho sentito alcun rumore.

– Neanche io e tuo padre, per la verità.

– Volete dire che sono un bugiardo? Che mi invento le cose? – aveva protestato Mirko. Non era possibile che nessuno gli credesse!

– Dormiamo nella stessa stanza – aveva detto Rossana al fratello. – Se stanotte li senti di nuovo, chiamami.

E la seconda notte, poco dopo le due, Mirko aveva toccato un braccio della sorella e le aveva chiesto: – Non li senti?

Rossana aveva aperto a fatica gli occhi e si era messa in ascolto. Sì, sentiva qualcosa. Ma le sembrava piuttosto lo scricchiolio dei rami dell'albero davanti alla casa.

– È il vento – aveva detto al fratello.

– Ma io il rumore lo sento nel corridoio... – aveva insistito Mirko.

Rossana, ormai del tutto sveglia, si era messa a sedere sul letto e aveva aguzzato le orecchie.

Sì, adesso pareva anche a lei che... non era un rumore qualsiasi... si sarebbe detto... ma sì, era un rumore di passi. Che suo padre o sua madre fossero sonnambuli a loro insaputa?

Allora Rossana aveva mormorato nel buio della stanza: – Papà... mamma... siete voi?

Ma non aveva avuto risposta. Poi il rumore di passi si era allontanato, aveva raggiunto la scala, la porta... Ed era svanito nella notte.

«Forse mi sono immaginata tutto» si era detta Rossana. O forse era stato Mirko che l'aveva suggestionata.

Il mattino dopo, Rossana aveva chiesto ai suoi genitori: – Uno di voi due si è messo per caso a passeggiare nel corridoio, stanotte?

– Io ho dormito otto ore filate – le aveva risposto sua madre.

– Anch'io – aveva detto suo padre. – Perché ci hai fatto questa domanda?

– Perché stanotte credo di aver sentito un rumore di passi. Forse Mirko ha ragione.

– Bambini, ho affittato questa casa per passare una bella vacanza insieme, e adesso volete farmi credere che sia infestata da fantasmi? Non sarà che avete troppa fantasia?

– Sì, forse hai ragione – aveva detto Rossana.

Ma lo aveva detto più che altro per tranquillizzare suo padre. In realtà, quei rumori lei li aveva sentiti davvero. Più ci pensava, più ne era convinta.

E li aveva sentiti anche la notte dopo. Tanto che quando suo fratello era corso nel suo letto per stringersi a lei, non lo aveva mandato via. Anzi, era stata felice di averlo a fianco. Comunque le vacanze stavano per finire. Era già la vigilia di Natale.

In casa si stava bene, mentre fuori tirava un vento gelido e la neve cadeva fitta fitta.

A mezzanotte si erano scambiati gli auguri e il padre di Mirko e Rossana aveva aperto la finestra della camera dei figli.

– Ascoltate – aveva detto. – Mi sembra di sentire le campane... e anche una voce!

Ascoltate, non sentite anche voi la voce di un uomo che canta?

– Chiudiamo, si sta raffreddando la stanza – aveva consigliato la madre di Mirko e Rossana. – Devono essere le campane di Saint Jacques... Ora tutti a dormire! Apriremo i regali quando ci sveglieremo.

Mirko si era spogliato e aveva chiesto alla sorella: – Pensi che i rumori si faranno sentire anche stanotte?

– Siamo talmente stanchi che dormiremo come sassi – gli aveva risposto Rossana.

Invece, verso le due, avevano sentito un forte "craack" e la finestra della camera si era spalancata.

Mirko e Rossana si erano svegliati di colpo e Mirko si era messo a battere i denti.

Rossana si era alzata, era andata a sprangare la finestra e aveva detto: – Forse non era chiusa bene.

Invece sapeva di averla controllata con cura, prima di andare a letto.

– Dai, dormiamo – aveva detto al fratello.

Mirko e Rossana si erano svegliati di colpo, terrorizzati...

Ma dopo aver chiuso gli occhi, aveva sentito nettamente il respiro di qualcuno. Il respiro di uno che dormiva soddisfatto, o che si riposava dopo un lungo viaggio.

Rossana aveva trattenuto il fiato e si era sforzata di tenere gli occhi chiusi. Avrebbe voluto alzarsi e correre dai suoi. Ma non aveva il coraggio di avvicinarsi alla porta. Era da lì, infatti, che proveniva il respiro di chi era entrato nella stanza quando la finestra si era spalancata. Poi nella testa i pensieri si erano confusi, la paura si era dissolta e Rossana si era addormentata.

Quando si era svegliata, fuori c'era il sole. Rossana aveva aperto gli occhi e aveva perlustrato la camera. Nella stanza, oltre a lei e a suo fratello, non c'era nessuno.

Ma quando si era alzata per guardare fuori, sul vetro appannato della finestra aveva letto queste parole: «Ho voluto passare la notte di Natale nella mia vecchia, amata casa. Buon Natale a tutti voi...».

Quasi subito il vapore si era sciolto in goccioline, e le parole erano scomparse.

Ma Mirko e Rossana sapevano di averle viste...

– Buon Natale, fantasma! – mormorarono.

Fuori la neve cadeva lenta e leggera sui tetti e sulle strade, sugli uomini e sui fantasmi...

UN MISTERO CHE SI RISOLVE

Quando squilla il telefono di solito sono io quella che corre a sollevare la cornetta. So benissimo che non sono sempre Ottilia o Tazio, ma mi piace essere io quella che chiama annunciando: – Papà... mamma... al telefono!

E così anche stasera, verso le sette e mezzo, appena il telefono ha cominciato a trillare, sono volata a sollevare la cornetta.

– Ciao, Valentina, sono la nonna. C'è il papà?

– Sì, sta leggendo il giornale.

– Devo dargli una notizia che lo lascerà a bocca aperta.

– Non puoi anticiparla a me, nonna? Mi hai incuriosita troppo.

– Ma sì, in fondo riguarda anche te. Bene, sappi che stai per conoscere uno zio del quale probabilmente non hai mai sentito parlare.

– Questa sì che è una sorpresa. Come si chiama? E da dove sbuca?

– Si chiama Beppe e "sbuca" dall'Australia.

– Addirittura! Vado a chiamare il papà.

Mio padre è rimasto a bocca aperta, poi ha esclamato: – Non ci posso credere! Lo portate voi o vengo a prenderlo io domani?... Ah, vuol venire da solo? Puoi passarmelo?... Non c'è?... È andato nel bosco?... Vedrai che resta fuori tutta la notte. Ciao, mamma. Non te l'aspettavi, eh? Buonanotte.

Mio padre è rimasto pensoso con la cornetta in mano, e ha ripetuto: – Incredibile... incredibile.

– Papà, cos'è incredibile? – gli ho chiesto.

Non vedevo l'ora di saperne di più. Mio padre ha posato la cornetta e mi ha detto: – È tornato Beppe.

– Questo lo so, me l'ha detto la nonna.

– Vieni, andiamo di là. Ho bisogno di riprendermi.

Era molto emozionato, è tornato con me in soggiorno, si è seduto sul divano e ha cominciato a raccontare.

– Beppe è mio fratello. Non lo vedo da venticinque anni. Ero convinto che fosse morto, invece è ricomparso come per magia. Non ve ne ho mai parlato perché non ho più saputo niente di lui da quando, a diciotto anni, mise un po' di roba in valigia e partì per l'Australia.

– Perché se ne è andato?

– Non c'era mai un perché nelle cose che faceva Beppe. È sempre stato così fin da bambino.

– È più piccolo o più grande di te, papà?

– Ha due anni più di me. Da piccolo marinava spesso la scuola e se ne andava in campagna o nel bosco a catturare animali.

– Per ucciderli?

– No, li curava. Avrebbe curato anche la zampetta di una pulce. Allevava grilli, cavallette, rospi e persino topolini di campagna, anche se sapeva che facevano orrore a mia madre. A volte partiva la mattina e tornava solo la sera. Mio padre minacciava di chiuderlo in casa, ma non c'era niente da fare. Presto i miei smisero di minacciarlo e lo lasciarono libero di seguire la sua inclinazione.

– E tu, non andavi con lui?

– Beppe non avrebbe voluto. Gli piaceva fare le sue esperienze da solo. D'altra parte io ero molto diligente e andavo regolarmente a scuola.

– A quanto pare, eri il più tranquillo della famiglia.

– È vero, ero molto ubbidiente. Ma oggi

penso che sarebbe stato divertente esserlo un po' meno.

– Come papà non sei venuto male – gli ho detto ridendo di gusto.

– Ciò non toglie che avrei potuto essere più avventuroso. Comunque Beppe lo era dieci volte più di me, e lo ha dimostrato partendo non appena è diventato maggiorenne.

– Perché ha scelto l'Australia?

– Forse perché è dall'altra parte del mondo. O forse perché è una terra sconfinata. Chissà. Comunque da allora non abbiamo più saputo niente di lui. E adesso è tornato per passare il Natale con i miei. Così, senza avvertire, come se fosse la cosa più naturale del mondo.

– Non sei contento di rivederlo, papà?

– Certo che lo sono. Sono proprio curioso di vedere com'è, se è rimasto il selvaggio di un tempo o se è diventato un proprietario terriero in giacca e cravatta.

– Anch'io ho voglia di conoscerlo.

UN POMERIGGIO AVVENTUROSO

Alle cinque ero davanti alla chiesa, dove avevo dato appuntamento a Irene.

Era un bel pomeriggio e l'aria era tiepida: sembrava di essere in primavera. Dopo la nevicata di inizio dicembre, c'è quasi sempre stato il sole. Spero che almeno a Natale si riposi e ci lasci in compagnia della neve.

Irene è comparsa cinque minuti dopo, e quasi non la riconoscevo. Indossava un vestito diverso da quello delle altre volte, ed era ben pettinata.

Lei ha notato la mia sorpresa e mi ha detto: – È stata Benedetta ad acconciarmi così.

– Stai benissimo – le ho detto.

– Non ci sono abituata. Però attiro meno l'attenzione. Beh, cosa facciamo?

– Ci sono i giardini da quella parte. Hai voglia di andarci?

– Chi pensi che ci sarà?

– Bambini, genitori, nonni... Con una giornata come questa, saranno proprio affollati.

– Allora non voglio andarci. Potrebbero esserci anche dei vigili o dei poliziotti, e corro il rischio di essere riconosciuta. Quando sono scappata dall'istituto, hanno sparso le mie foto dappertutto. I poliziotti hanno una buona memoria e non mollano facilmente l'osso.

– Non puoi continuare a nasconderti e a scappare, Irene. Io non ce la farei.

– Perché tu non sei mai stata in un istituto in cui si vive come in un carcere. Io sì, perciò preferisco giocare a nascondino con i poliziotti, piuttosto che tornarci.

– E se un giorno trovassi una famiglia che ti vuole adottare?

– Io ho già trovato chi mi ha adottato. Benedetta.

– Ti capisco, ma non è legale. Dovrebbe adottarti secondo la legge...

– Figuriamoci. Chi darebbe una bambina a una pensionata? Invece noi due stiamo bene insieme. Io faccio qualcosa per lei e lei fa qualcosa per me. Però bisogna che mi decida a smettere di chiedere l'elemosina. È troppo pericoloso. Ho messo da parte un po' di soldi e per i prossimi mesi basteranno. Il problema sarà come passare le giornate. Non posso stare tutto il tempo chiusa in casa come Benedetta.

– Certo, se tu andassi a scuola...

– A scuola vorrebbero chissà quanti documenti e io non ne ho nemmeno uno. Che cosa potrei dire? Che sono la nipote di Benedetta?

– Puoi venire da me, ogni tanto. A casa mia saresti al sicuro come da Benedetta.

– Preferisco incontrarti per strada. I luoghi chiusi non mi piacciono.

Ci siamo messe a camminare e ho chiesto a Irene di lasciarmi tenere il guinzaglio di Russell.

Russell tirava tutto felice e annusava gli alberi e le ruote delle auto parcheggiate.

A un certo punto siamo passate davanti a una gioielleria e per poco non siamo state investite da un uomo che usciva a precipizio con una valigetta in mano.

Correndo ha urtato il muso di Russell, che ha reagito mordendogli una gamba. Tanto è bastato perché l'uomo inciampasse e cadesse a testa in avanti. La valigetta gli è sfuggita di mano, si è aperta e sul marciapiede si sono sparsi anelli, collane, spille e gioielli di ogni genere.

Quasi subito è uscito il gioielliere, urlando come un ossesso. L'uomo si è rialzato ed è saltato su una moto guidata da un complice.

Sono partiti con un'impennata e il gioielliere si è chinato a raccogliere i gioielli.

– È vostro il cane? – ci ha chiesto il negoziante.

Irene ha afferrato il guinzaglio di Russell e mi ha detto: – Su, andiamo via.

– Un momento, un momento – ha detto l'uomo, dopo aver raccolto tutti gli oggetti che erano sparsi per terra. – Lasciate che vi ringrazi. Se non fosse stato per lui...

Mentre stava finendo di parlare, abbiamo sentito la sirena della polizia.

– Sono arrivati subito – ha detto il gioielliere. – Ma se non fosse stato per voi non avrei mai recuperato i miei gioielli.

Irene è corsa via con Russell, io mi sono messa alle sue calcagna. E quando l'ho vista dirigersi verso la chiesa, le sono andata dietro.

– Aspettate, aspettate! – gridava il gioielliere circondato da una folla di curiosi.

Irene si è infilata in chiesa. Non c'era nessuno, e quando le sono arrivata alle spalle, mi ha detto: – Nascondiamoci dietro l'altare.

Ci siamo acquattate, cercando di calmare Russell che guaiva e non capiva a che "gioco" giocassimo.

Irene tremava, era sudata e ripeteva: – Sono stata una sciocca. Sono stata una sciocca. Se ci hanno viste entrare, adesso verranno a cercarci.

Fortunatamente, nessuno si era accorto della meta della nostra fuga. Il portone della chiesa è rimasto chiuso e Irene si è calmata.

– Mi è andata bene – ha detto. – Se i poliziotti ci avessero interrogato, per me sarebbe finita.

Entrando a precipizio nella chiesa, avevo preso un colpo sul braccio e ho cominciato a massaggiarmelo.

– Ti sei fatta male? – mi ha chiesto Irene.

– Roba da poco.

– Stando con me rischi troppo. Forse è meglio se non ci vediamo più.

– Ma no, che dici? È stato un imprevisto.

– È appunto di questo che bisogna avere paura. Pensa un po', abbiamo sventato una rapina e, anziché farci ringraziare, siamo fuggite come se fossimo delle complici. Scommetto che alla fine è questo che avrà pensato il gioielliere.

– Io penso che avrebbe voluto ricompensarci. Forse ora possiamo uscire.

Ma a quel punto Irene si è accorta di un grande presepe in una delle navate laterali, e mi ha detto: – Vieni, voglio vederlo da vicino.

Era un po' più grande del nostro. Irene è rimasta incantata davanti alle grotte illuminate e al fiumicello che scendeva dalle montagne.

– Che bello – ha esclamato. – Io non ho mai avuto un presepe.

– Noi lo facciamo tutti gli anni – ho detto. – E quello di quest'anno è molto bello. Perché non sali a vederlo, uno dei prossimi giorni? Magari potresti passare il Natale da noi con Benedetta...

Irene ha alzato gli occhi e mi ha guardata con grande stupore.

– È meglio che vada – ha detto. – Voglio raccontare a Benedetta quello che mi è successo. Chissà come si spaventerà.

Siamo uscite cautamente dalla chiesa. Fuori era tutto tranquillo, a parte i camion che ogni tanto frenavano davanti al semaforo prima di ripartire e imboccare l'autostrada un chilometro più avanti.

– Ciao, Valentina, e grazie per il pomeriggio "elettrico" che mi hai regalato.

– Ciao, Irene. Quando ci vediamo di nuovo?

– Insisti nel volermi rivedere? Ma cosa ci trovi in me? Perché non te ne stai con le tue amiche a giocare nella quiete delle vostre camerette? Io sono solo un problema e basta. Non devi sentirti obbligata a stare con me solo per pietà.

– Io sto con te perché mi va di esserti amica e perché sei una tipa che mi piace. La pietà non c'entra.

Irene ha riso sotto i baffi e ha detto a Russell: – Hai sentito, Russell? Io sarei una tipa che le piace. Da non credersi, vero? Eh, fuori dagli istituti succedono tante cose strane. Beh, ma è per questo che sono scappata, no?

Poi, rivolta a me, ha detto: – D'accordo, Valentina. Quando vogliamo vederci?

– Facciamo dopodomani pomeriggio alla stessa ora? Magari di fronte alla chiesa?

– Va bene, e speriamo di non essere coinvolte in un'altra rapina. A dopodomani.

Io mi sono chinata per accarezzare Russell e lui mi ha leccato la faccia.

– Ormai ti considera come una seconda padrona – ha detto Irene. – Andiamo, Russell, cerca di non esagerare!

PECORE E CIELI STELLATI

Mezz'ora prima di cena è squillato il citofono.

– Chi è? – ho chiesto.

– Beppe.

Ho premuto il pulsante per aprire il portone e sono corsa da mio padre.

– Papà, è lo zio Beppe – ho detto con un po' di emozione.

Zio Beppe è entrato in casa con un grande sorriso e appena ha visto mio padre, gli ha detto: – Ciao, fratellino. Pensavi di non rivedermi più, vero?

– In effetti... – ha risposto mio padre.

Poi lui e Beppe sono finiti uno nelle braccia dell'altro. Io, mia madre e Luca siamo rimasti a guardarli in silenzio.

Beppe si è sciolto dall'abbraccio e ha detto a mio padre: – E adesso presentami la tua famiglia. Immaginavo che ti fossi sposato, ma non pensavo che avessi anche due figli.

Mio padre ha fatto le presentazioni e abbiamo stretto tutti la mano a Beppe. Lui però, a un certo punto, ha detto: – Ma via, sembriamo degli estranei. E invece tu sei mia cognata e loro sono i miei nipoti.

A quel punto ha abbracciato tutti e ha detto: – Mostratemi la cucina, se è lì che mangiate, perché ho proprio appetito.

Beppe è alto e magro, e cammina con un'andatura dinoccolata. Inoltre porta i capelli corti come un soldato e mi ha dato l'impressione di uno che ogni tanto si diverte a esplorare la giungla.

Gliel'ho detto e lui ha osservato: – Dove vivo io ci sono solo grandi pianure e il deserto. Poi, se volete, vi racconto qualcuna delle mie avventure.

Luca era intimidito davanti a quell'uomo che sembrava un grattacielo rispetto a lui ed è rimasto in silenzio. Io, invece, non mi sono trattenuta dal fargli tante domande, anche mentre eravamo a tavola.

– Che cosa hai fatto quando sei arrivato in Australia? – gli ho chiesto.

– Mi sono guardato intorno, ho visto com'era l'ambiente e mi è piaciuto. E ho subito capito che mi sarei occupato di animali. Dapprima ho lavorato in una fattoria. Poi la fattoria me la sono costruita anch'io, e oggi allevo circa duecento pecore.

– Ti piace allevare pecore?

– Molto.

– E a che cosa ti servono? – gli ha chiesto Luca. – A mangiarle?

– No. Io da loro prendo solo due cose: latte e lana. Non mi interessa altro. Ti piacerebbe fare l'allevatore come me?

Luca lo ha guardato interdetto, ma Beppe ha continuato: – Se lo desideri, posso portarti con me. In questo mestiere è importante cominciare presto, da giovani. Allora, cosa ne pensi?

Luca ha guardato mia madre, ha inghiottito saliva e ha risposto:

– Io sto bene qui.

Beppe ha sorriso e ha detto: – Non hai un temperamento avventuroso. Somigli a tuo padre.

Allora ho chiesto a Beppe: – Non sei sposato?

– No. Ma conto di farlo, un giorno o l'altro. In una fattoria una donna è indispensabile.

– E tu ti sposeresti solo per avere una donna che si occupi della casa e delle pecore? Uno deve sposarsi perché gli fa piacere avere accanto una moglie, non una serva.

Beppe mi ha guardato con interesse e ha detto: – Hai proprio ragione, nipotina. Non ci avevo pensato.

Ed è scoppiato a ridere.

Poi si è rivolto a mio padre e gli ha detto: – Hai proprio una bella famiglia, fratellino. Hai mai pensato di trasferirti anche tu in Australia?

– No, è l'ultima cosa che vorrei fare.

– Peccato. L'aria delle città è malsana, credi a me. Guarda i tuoi figli. Stanno bene, si capisce. Ma se vivessero all'aria aperta da mattina a sera, avrebbero ben altri polmoni. Vieni da me. Ho una casa che può ospitare comodamente due famiglie.

A quella proposta, che sembrava molto seria, il mio cuore ha fatto un balzo.

E se avessimo accettato davvero? E se un giorno fossi vissuta in una fattoria occupandomi di animali?

L'ipotesi mi sembrava così fantastica che mi faceva girare la testa.

– Dici davvero, zio Beppe? – gli ho chiesto.

– Mai stato più serio.

– Ci sono dei cinema dalle tue parti?

– Assolutamente no.

– E scuole?

– Nemmeno.

– E giardini dove giocare con gli amici?

– Neanche.

– E dove fai la spesa?

– Una volta al mese vado a Sidney e riempio il frigorifero.

– E il resto del tempo come lo passi?

– Di giorno mi occupo delle pecore, di notte guardo il cielo stellato.

– Non ce l'hai la televisione?

– Mai avuta.

Io ero affascinata dalle risposte di mio zio, e provavo a immaginarmi una vita che non aveva assolutamente niente a che vedere con quella che conducevo a Torino. Non che ci riuscissi del tutto, ma certo mi era venuta una gran voglia di chiacchierare con zio Beppe e di passare le notti guardando il cielo pieno di stelle.

– Verrai a cenare di nuovo da noi? – gli ho chiesto quando si preparava ad andarsene. – Mi piace parlare con te, zio.

– Sono un animale raro, vero, Valentina?

– Abbastanza.

NEL BOSCO DI NOTTE

– Che impressione ti ha fatto lo zio? – mi ha chiesto incuriosito mio padre dopo che Beppe è andato via.

– È un uomo insolito... un tipo libero. Pensi che parlasse sul serio quando ci ha invitati ad andare a vivere da lui?

– Mah, forse ha in mente di lasciarvi in eredità la sua fattoria – ha risposto mio padre ridendo. – Ammesso che ce l'abbia – ha aggiunto.

– Non credi a quello che ci ha raccontato della sua vita in Australia?

– Beppe è sempre stato un enigma per tutti, sin da piccolo. È come se la sua vita fosse circondata da un alone di mistero. Ricordo che quando io avevo nove anni e lui undici, una sera non tornò a casa. I miei si spaventarono...

Erano abituati a non vederlo durante la

giornata. Ma la sera tornava sempre. Cosa poteva essergli successo?

Io fui mandato a letto, mentre i tuoi nonni si sedettero in cucina ad aspettarlo. Figurati se potevo addormentarmi. Mi giravo e rigiravo nel letto tendendo le orecchie per sentire se la porta di casa si apriva. Speravo che Beppe entrasse dicendo: «Eccomi qua. Scusate il ritardo!».

Ma la porta rimaneva chiusa e i miei parlottavano piano. Mia madre, a un certo punto, si mise a piangere. Mio padre le disse di non preoccuparsi, perché da un momento all'altro quel figlio scavezzacollo sarebbe comparso e si sarebbe preso una lavata di capo.

Ma a mezzanotte Beppe non era ancora tornato. E io continuavo a stare sveglio e a rigirarmi nel letto. A un certo punto mi alzai e mi affacciai alla finestra. Era una bella notte d'agosto, c'era la luna e non faceva freddo.

Osservai il bosco, quella macchia scura che mi metteva i brividi solo a guardarla.

Beppe era oltre quella barriera nera, lo sapevo. Il bosco lo affascinava: se volevo scoprire che fine aveva fatto, dovevo andare là. Allora mi rivestii, presi una pila, scesi le scale in silenzio, superai in punta di piedi la cucina, socchiusi la porta e mi affacciai sul sentiero che conduceva al bosco.

Avevo paura, si capisce. Ma Beppe non era solo mio fratello. Era anche, in un certo senso, il ragazzo che avrei voluto essere. E così, tremando, mi incamminai accompagnato dal canto dei grilli e dal gracchiare delle rane.

Arrivato sul limitare del bosco, accesi la pila, feci un grande respiro e mi tuffai nell'oscurità. Cominciai a chiamare: «Beppe, Beppe!».

C'era una calma innaturale fra quegli alberi che mi chiudevano da ogni parte. E a mano a mano che mi inoltravo, non ero più sicuro che sarei riuscito a tornare indietro. E così, alla fine, saremmo stati in due a perderci.

Cominciai a pensare ai miei genitori. Ero sempre stato un ragazzo ubbidiente. Ma quella notte ero uscito di nascosto di casa, e mi immaginavo la disperazione di mia madre se avesse scoperto che il mio letto era vuoto.

«Beppe, Beppe!» chiamavo. Ma non osavo gridare troppo forte. Temevo che gli alberi rispondessero con un'eco che mi avrebbe fatto svenire dallo spavento.

Dov'era mio fratello?

Cercavo fra i cespugli, mi affacciavo sulle vallette che ogni tanto si aprivano ai lati del sentiero. Ma notavo solo delle macchie di terreno illuminate dalla luna, come dei piccoli laghetti d'argento.

E quando mi fermavo e tendevo le orecchie, riuscivo solo a sentire il rumore fioco di un ruscello che correva chi sa dove.

A un tratto avvertii un fruscio sulla mia testa, gettai a terra la pila e mi coprii gli occhi. Poi udii un lugubre lamento tra le fronde e mi chinai a raccogliere la torcia. Forse era un gufo che si era appena mangiato un topo e se ne tornava soddisfatto al suo nido.

Da quel momento non osai più sollevare lo sguardo sui rami alti degli alberi.

A un certo punto pensai che forse mi ero sbagliato, forse mio fratello non era mai entrato nel bosco. Forse la mattina, quando era uscito di casa, si era diretto nella città più vicina e adesso se ne stava sdraiato nell'aiuola di un parco.

Dovevo tornare indietro.

Mi voltai, feci una decina di passi ma poi mi fermai. La strada si biforcava e non sapevo quale direzione prendere. Una mi avrebbe riportato a casa, l'altra, chissà, mi avrebbe fatto addentrare ancora di più nel bosco.

Che fare? Oh, se Beppe fosse stato con me in quel momento! Lui sì che sarebbe stato capace di scegliere senza indecisioni. Ma era colpa sua se in quel momento mi trovavo in quella situazione.

Allora mi avvicinai al tronco di un albero alla mia destra. Volevo accovacciarmi ai suoi piedi, chiudere gli occhi e provare ad addormentarmi fino al mattino dopo. Col sole, forse avrei capito meglio quale direzione prendere per tornare a casa.

Quando mi rannicchiai su me stesso, capii subito che non mi sarei addormentato. Avevo paura di essere assalito nel sonno da una bestia feroce, e non ero capace di salire su un albero per mettermi al riparo dai pericoli.

Mi misi a piangere in silenzio e ogni tanto ripetevo: «Beppe... Beppe...».

Qualche minuto dopo, proprio quando stavo per sprofondare nel sonno, sentii un rumore di passi sulle foglie secche.

Mi feci ancora più piccolo, ma non riuscivo a trattenere i singhiozzi.

Poi una voce disse: «Chi c'è?».

Era la voce di Beppe. E quando gridai il suo nome, venne vicino a me. Si inginocchiò al mio fianco e mi disse: «Che ci fai nel bosco a quest'ora di notte?».

Mentre tornavamo a casa mi disse che si era messo a seguire una volpe, ma poi l'aveva persa di vista e aveva deciso di esplorare il bosco di notte. Lui non aveva paura del buio.

Da quella volta, quando andava nel bosco, mi chiedeva sempre se volevo accompagnarlo. Io qualche volta dicevo di sì, qualche volta gli rispondevo di no.

Ma ero contento che mi invitasse ad andare con lui, mentre prima di quella notte non l'aveva mai fatto.

Quando mio padre ha finito di raccontare, sono andata ad abbracciarlo. Era la prima volta che mi aveva fatto entrare nel mondo della sua infanzia, che mi aveva raccontato delle sue paure di quando era piccolo.

A CASA DI GIULIETTA

Mancano quattro giorni a Natale, sono cominciate le vacanze e oggi ho deciso di andare a trovare Giulietta, la moglie del mio maestro.

– Posso venire da te più tardi? – le ho chiesto al telefono stamattina.

– Ti aspetto – mi ha risposto Giulietta.

Sono arrivata da lei verso le dieci, mi ha accolto sulla soglia di casa con il bambino in braccio.

– Ciao, Valentina. È un bel po' che non ti vedo. Novità?

– Sì. Tante cose nuove.

– Non mi meraviglio.

– Perché dici così?

– Perché sei sempre stata una bambina curiosa che ama scoprire cose nuove, no?

– Direi di sì. Non c'è il maestro?

– È andato a fare la spesa. Ci dividiamo i compiti.

– Ti dà molte preoccupazioni il bambino?

– Quelle che può dare un neonato di poco più di un mese. Vero, Francesco?

Francesco ha aperto e chiuso la bocca e ha nascosto la faccia sul petto di Giulietta.

– È ora, lo so – ha detto lei.

Giulietta si è sbottonata la camicia e ha attaccato Francesco al seno. Francesco si è messo a succhiare a occhi chiusi e Giulietta lo ha guardato come se si stessero facendo un regalo a vicenda.

Io li ho guardati con un po' di imbarazzo, ma Giulietta mi ha detto: – Non c'è niente di più bello di un bambino, vero?

– Ti tiene sveglia anche di notte?

– Ha i suoi orari, e io cerco di rispettarli. Ma quando si sveglia e non è il momento di dargli da mangiare, si alza anche il tuo maestro e mi dà il cambio a cullarlo portandolo in giro per la casa.

– Se penso che un giorno dovrò farlo anch'io!

– È ancora presto per pensarci, Valentina, non credi? Con chi passerai il Natale?

– Con i miei. Ma non saremo soli. Credo che non ci sia più spazio ormai, altrimenti inviterei anche te e il maestro.

– Grazie, ma quest'anno è meglio se restiamo a casa. Il bimbo ha bisogno di tranquillità.

Giulietta ha baciato Francesco sulla fronte e mi ha chiesto: – Adesso cosa farai?

– Penso che andrò da zia Elsa.

– Mattinata di visite, allora.

– In un certo senso. Ho voglia di riposarmi e non mi dedicherò ai compiti fino all'anno nuovo.

– Mi sembra giusto.

– Ciao, Giulietta. A Natale ti chiamo e ti faccio gli auguri per telefono. Ah, salutami il maestro.

– Lo farò. Verrai a trovarci di nuovo?

– Puoi esserne certa.

IN BIBLIOTECA CON TAZIO

Quando sono scesa in strada erano le undici passate, perciò ho rinunciato ad andare da zia Elsa.

Era una giornata grigia e abbastanza fredda. Ho guardato il cielo e ho annusato l'aria. Secondo me, tra qualche giorno sarebbe arrivata la neve. Anche le previsioni la davano per certa.

Vorrei andare in montagna. Ma molto in alto. Là dove la neve si accumula a metri e le case spariscono in una spessa coltre bianca.

Mi piace vivere in città.

Mi piacciono le strade affollate, le insegne dei negozi, i semafori agli incroci, i lampioni che la sera illuminano le strade.

Eppure, ogni tanto, mi viene il desiderio di vivere in una casa sperduta tra i monti, dove non ci sia gente, dove non ci siano lampioni che fanno sbiadire le stelle, né rumori di camion, né gas di auto.

Insomma un posto solitario dove poter pensare in compagnia di un cane accucciato ai tuoi piedi. Chissà che effetto farebbe il silenzio assoluto della notte su una ragazza come me, abituata a essere circondata dal traffico e dal chiasso. Penso che i primi giorni avrei le vertigini.

– Ehi, attenta a dove metti i piedi! – mi ha detto qualcuno con una voce stridula.

Ho aperto gli occhi e ho esclamato: – Ottilia!

– Da quando in qua cammini per la strada a occhi chiusi? Vuoi andare a finire sotto le ruote di un'auto o di un camion?

– Ero... ero sovrappensiero.

– L'ho notato. A cosa stavi pensando?

– Alle montagne, al silenzio e a un cane.

– Valentina, sei sicura di sentirti bene?

– Mai stata meglio, Ottilia. Voglio godermi ogni minuto di queste vacanze.

– È quello che voglio fare anch'io. Che ne dici se più tardi facciamo un giro in bici fino alla Mandria?

– È un'idea.

– Ma tu, forse, preferisci andarci con Tazio.

– Oh, smettila, Ottilia. Tazio...

Stavo finendo di parlare, quando Tazio è apparso a una svolta della strada.

– Toh, parli del diavolo e lui si materializza! – ha esclamato Ottilia.

– Ciao, Tazio. Dove stai andando? – gli ho chiesto appena siamo stati vicini.

– In biblioteca.

– Non hai niente di meglio da fare durante le vacanze? – ha osservato Ottilia.

– Devo prendere un libro per mia nonna. Volete venire con me?

– No, grazie – gli ha risposto Ottilia. – Devo andare a comprarmi un vestito con mia madre. Se non ne approfitto oggi, finisce che le passa la voglia.

Quando Ottilia è andata via, ho detto a Tazio: – Io invece ti accompagno.

Mentre lui cercava il libro per sua nonna, io mi sono messa a pensare che sarebbe bello se un giorno in biblioteca ci fosse un libro con il mio nome e cognome in copertina. Un visitatore lo aprirebbe, comincerebbe a leggere le prime pagine e poi non riuscirebbe a chiuderlo prima della fine... Dopo averlo chiuso, direbbe: «Bellissimo! Peccato che non possa ringraziare di persona l'autrice. Chissà se è viva o se è morta...».

Gli autori dei libri che stavo sfogliando mi erano per la maggior parte sconosciuti. E anch'io mi sono detta: chissà se sono vivi o morti. Ma il bello di un libro, secondo me, è proprio questo. Chi lo ha scritto, anche se è scomparso, continua a vivere nel ricordo di chi legge le sue storie.

– Ecco, io sono pronto – mi ha detto Tazio arrivandomi alle spalle. – Devi prendere un libro anche tu?

– No, ne stavo sfogliando qualcuno per curiosità.

Usciti dalla biblioteca, ho ricordato a Tazio che lo aspettiamo da noi per Natale.

– Verrò – mi ha detto. – E ci sarà anche mia nonna. L'hai proprio conquistata.

ZIO BEPPE MI FA UN REGALO

Zio Beppe è arrivato dopo pranzo con un pacchetto sotto il braccio.

– È per te – ha detto a mio fratello.

– Cos'è? – gli ha chiesto Luca.

– Aprilo e guarda.

Mio fratello ha scartato il pacchetto e ha trovato un bellissimo boomerang.

– Sai cos'è? – gli ha chiesto Beppe.

– Eccome se lo so! – ha esclamato Luca fiero e felice. – Quando lo farò vedere ai miei compagni, vorranno tutti provarlo. Lo hai portato dall'Australia?

– Naturalmente.

– E a Valentina, non hai portato nulla? – gli ha chiesto Luca.

– Purtroppo no. Vedrò di trovarle un regalo a Torino questo pomeriggio. Hai voglia di accompagnarmi in centro, Valentina?

– Volentieri, zio!

Verso le tre abbiamo preso un autobus e siamo scesi in piazza Solferino.

– È questo il centro? – mi ha chiesto zio Beppe.

– Se seguiamo via Cernaia arriviamo in piazza Castello. È quello, secondo me, il centro vero e proprio della città.

– Io non conosco Torino. Ho vissuto in campagna con i miei fino al momento di partire e non ho mai messo piede in città.

Zio Beppe si guardava intorno spaesato.

– Se penso alla mia fattoria, ai miei animali, al mio deserto... – ha detto a un certo punto.

– Davvero ti piace la vita che conduci laggiù, zio Beppe? Non ti capita mai di sentirti solo e di desiderarne un'altra fatta di amici, di chiacchierate e di rumori?

– Rumori ce ne sono anche intorno alla mia fattoria. Sono rumori diversi, però, rumori naturali. Quanto alle chiacchierate, ne faccio a volte con i vicini o con gli animali che ho in casa. Ti ho detto che ho un bellissimo cane?

– No.

– Si chiama Roccia, perché è forte come una roccia ma affettuoso come un cucciolo, anche se i suoi annetti li ha. È il mio migliore amico.

Zio Beppe ha dato un'occhiata alla galleria Subalpina, a una libreria, a un negozio che esponeva dei bellissimi trenini elettrici.

– Sono uscito con l'intenzione di farti un regalo, ma non so cosa comprarti – mi ha detto quando abbiamo svoltato in via Po.

– Non devi comprarmi nulla, zio. Voglio dire, non sei obbligato.

– Infatti, non lo faccio per obbligo, ma perché mi fa piacere. Cosa vorresti?

– Non saprei.

– Vorrei regalarti qualcosa di originale... ma non so proprio... Toh, guarda là!

Zio Beppe si è fermato davanti a un negozio che esponeva tante civette. Le ha osservate con attenzione, quasi con meraviglia, e io mi sono messa a osservarle insieme a lui. Le civette avevano gli occhi luminosi, fatti di pezzi di vetro, e il corpo di pietra o di legno lavorato.

– Quella, mi piace quella – ha detto zio Beppe dopo essere rimasto con lo sguardo incollato alla vetrina, come un bambino che avesse fatto una meravigliosa scoperta. – È di giada. Davvero insolito trovarne una così. Che ne dici, Valentina?

– È molto bella, zio.

– Vieni, entriamo.

La commessa ha molto lodato la civetta, ha detto che era il pezzo più bello che avevano in negozio, eccetera eccetera.

Ma zio Beppe non aveva bisogno di essere convinto, se l'è fatta incartare, l'ha pagata ed è uscito soddisfatto dal negozio.

– Da parte mia, Valentina – mi ha detto consegnandomi la civetta avvolta in una carta sottile da regalo.

– Grazie, zio... Perché hai voluto regalarmi proprio una civetta?

– La civetta mi ricorda le mie notti australiane. Ma nello stesso tempo mi è sembrato il regalo giusto per una ragazzina riflessiva e curiosa come te. La civetta rappresenta la riflessione che domina le tenebre, Valentina. Ecco perché.

Arrivati in piazza Vittorio, zio Beppe si è fermato a contemplare la piazza in tutta la sua vastità, le colline e la chiesa della Gran Madre. Infine si è affacciato dal ponte ed è rimasto silenzioso a guardare le acque del Po.

Poi ha detto: – Adesso so di aver fatto bene a venire. Non volevo rivedere solo i miei genitori. Avevo bisogno di tornare a toccare con mano la terra dove sono nato, dove ho giocato da piccolo e dove ho imparato a perdermi.

– Sei triste, zio Beppe? – gli ho chiesto quando ci siamo avviati verso casa.

– Lo sono stato solo per un momento, Valentina. Ma ora basta. Dove metterai la mia civetta?

– Sulla mia scrivania. Così ogni volta che mi siederò per scrivere o fare i compiti penserò a te che me l'hai regalata e alle tue notti australiane. Mi piacerebbe venire a trovarti, un giorno.

– Ti lascerò il mio indirizzo. E se vorrai venire a trovarmi, basta una telefonata e verrò ad aspettarti all'aeroporto.

– Non avrei mai creduto di avere uno zio come te.

– E io una nipote come te, Valentina. Cosa sarebbe la vita senza sorprese e incontri come questi?

UN'AMICA (O UNA SORELLA?) PER IRENE

Oggi pomeriggio Irene è venuta al nostro appuntamento con un vestito ancora diverso da quello dell'altra volta.

Ha notato che lo osservavo con attenzione e mi ha detto: – Bisogna che Benedetta la finisca di comprarmi vestiti a mia insaputa. Sono una spesa inutile.

– Benedetta ha gusto – le ho detto.

– Adesso smettila di fissare il mio vestito. Mi dai proprio fastidio.

– E tu smettila di reagire in modo così scorbutico. Sei irritante, a volte.

Queste parole, però, ce le siamo dette con tono leggero, non arrabbiato. Perciò, quando le ho proposto di andare ai giardini, Irene mi ha presa sottobraccio e si è messa a camminare in silenzio al mio fianco.

Ai giardini non c'era molta gente. Faceva

freddo e i bambini stavano per la maggior parte tappati in casa.

Ho notato un vecchietto che scostava col bastone delle foglie secche, una donna che si era appisolata su una panchina con la testa sul petto, un paio di ragazze che discutevano animatamente.

– Cos'è quello? – mi ha chiesto Irene.

– Uno scivolo.

– E quello?

– Un castello di ferro per arrampicarsi.

– Io sono molto agile. Credo che arriverei in cima con un paio di salti e di volteggi.

– Perché non lo fai?

Irene non mi ha risposto ed è rabbrividita.

Allora le ho detto: – Fa molto freddo. Perché non andiamo a casa mia?

– A casa tua? Non se ne parla nemmeno. Chissà quante domande comincerebbe a farmi tua madre.

– A casa mia non c'è nessuno, almeno fino alle sei. Possiamo fare merenda e ascoltare un po' di musica, se ti va.

– La merenda la faccio volentieri, perché ho fame. Quanto alla musica, non ci sono abituata.

– Dai, andiamo. Comincio ad avere freddo anch'io.

Davanti alla porta di casa, Irene ha puntato i piedi.

– Sei sicura che non ci sia nessuno? – mi ha chiesto.

– Entra e verificalo da te.

Entrate in casa, le ho detto: – Preparo un paio di panini.

Irene è venuta con me in cucina, ha osservato come preparavo i panini alla marmellata e ha aperto il frigorifero.

– Questo sì che è un vero frigo – ha detto. – Quello di Benedetta è una scatola in cui ci sta solo qualche bottiglia di latte.

– Li mangiamo qui o nel soggiorno? – le ho chiesto dandole un panino e un bicchiere di succo di arancia.

– Andiamo a sederci in poltrona, voglio mangiare comoda.

Irene ha fatto fuori in pochi bocconi il suo panino, poi si è alzata ed è andata a piazzarsi davanti al nostro presepe.

– È quasi più bello di quello che abbiamo visto in chiesa – ha detto. – Mi fai vedere il resto della casa?

Nella mia camera, Irene è rimasta a lungo in silenzio a osservare i due letti, la libreria, la cesta dei giochi, i poster, la scrivania, il computer, le mie pantofole e quelle di Luca.

– È qui che dormi? – mi ha chiesto.

– Sì, con mio fratello.

– Cosa fai dietro quella scrivania?

– Faccio i compiti, studio, oppure leggo.

– E con quell'aggeggio che ci fai?

– Non sai cos'è un computer?

– Li vedo nei negozi del centro e penso che la gente ci perda la testa.

– Certe volte è così. Ma io lo uso per imparare le lingue straniere, per cercare informazioni, per completare delle ricerche e così via.

– Non ti stufi a stare tante ore in casa?

– La mia camera mi piace. Soprattutto quando sono sola e so che nessuno verrà a disturbarmi. Anzi, per esserne più sicura, a volte mi chiudo addirittura a chiave.

– Io non potrei mai. Mi sembrerebbe di stare in una prigione.

– Nella mia camera sono io che decido quando starci. Non sono gli altri che mi obbligano. Irene... vuoi essere mia amica?

Alla mia domanda, Irene mi ha guardata come se non avesse capito.

Poi ha risposto: – E che te ne faresti di un'amica come me? Io sono pericolosa, posso metterti nei guai. Sono una ricercata.

– Non me ne importa nulla. Io sto bene con te. E mi piacerebbe vederti più spesso. Però, vorrei anche aiutarti. Se ne parlassimo con mio padre? Sono certa che lui ci darebbe una mano a trovare una soluzione al problema.

– Scommetto che mi consiglierebbe di andare subito dalla polizia e di consegnarmi.

– Mio padre non prende decisioni avventate. Potremmo discuterne insieme. Non puoi vivere per sempre in questa condizione di incertezza.

– Senti, lascia perdere. E poi non mi va di lasciare Benedetta. È l'unica che abbia mostrato di volermi un po' di bene.

– Credo che anche lei sarebbe contenta se...

Irene ha fatto un gesto di fastidio con la mano ed è andata ad affacciarsi alla finestra.

Quando si è girata verso di me, mi ha detto: – Quello che vorrei sapere è se i miei sono davvero morti in un incidente stradale o se mi hanno messa al mondo e poi sono scappati via come due vigliacchi. In questo caso mi piacerebbe proprio incontrarli per dirgli quello che penso di loro.

Irene si è seduta in poltrona e si è messa a succhiarsi il pollice. Quando si è accorta che la stavo osservando, si è alzata e mi ha detto: – Fammi vedere dov'è il bagno.

Quando ne è uscita sembrava più serena e mi ha detto: – Vorrei un altro panino.

Siamo andate in cucina e le ho preparato un panino con la cioccolata.

Mentre lo mangiava, mi ha chiesto: – Dimmi la verità. Fai tutto questo per compassione e per pietà?

Allora mi sono arrabbiata e le ho risposto: – Adesso basta. Toglitelo dalla testa. Questa non è una buona azione perché si avvicina il Natale. Ti ho detto che con te sto bene. Perciò ti ho chiesto di essere mia amica. Mi piacerebbe che vivessi addirittura a casa mia.

– Cosa?

– Ma sì, lo so che può sembrare assurdo. Anche se non lo è poi così tanto. Insomma, pensa se i miei genitori ti adottassero. È un'idea che mi è venuta adesso, ma...

Irene ha smesso di mangiare e mi ha guardata come se stessi sragionando. Eppure nei suoi occhi ho visto una luce che mi è arrivata dritta al cuore.

– Non sai cosa dici... – ha balbettato.

– Irene, tutto è possibile nella vita. Chi l'avrebbe detto che io e te un giorno ci saremmo incontrate, che saremmo diventate amiche, che avremmo fatto merenda insieme?

– Smettila... quello che dici è ridicolo... non è possibile... io... io voglio tornare da Benedetta!

– Irene, aspetta. Non volevo dire delle cose che potessero farti male.

E mentre lei volgeva lo sguardo altrove, l'ho abbracciata e l'ho stretta a me. Dapprima ha cercato di sottrarsi al mio abbraccio, poi si è arresa. In quel momento abbiamo sentito girare la chiave nella toppa e Irene si è staccata da me appoggiandosi a una parete della cucina.

– Valentina, sei in casa? – ha chiesto mia madre, posando per terra la borsa della spesa.

– Sì, mamma. Io...

Ma prima che finissi di parlare e che mia madre entrasse in cucina, Irene è schizzata nel corridoio, è corsa alla porta ed è uscita sulle scale. Io l'ho inseguita e le ho gridato: – Aspetta, vengo con te!

Ma Irene era già in strada, lontana.

Quando sono rientrata in casa, mia madre era ferma sulla soglia della cucina e mi guardava con occhi spaventati.

UNA CHIACCHIERATA CON ZIA ELSA

Oggi sono andata da zia Elsa.

– Zia, fra pochi giorni è il 25 dicembre – le ho detto.

– Eh, sì, il tempo passa in fretta! – ha sospirato lei.

– Zia, non sono venuta a parlarti del tempo che passa. Sono venuta a chiederti se aiuti mia madre a preparare il pranzo di Natale. Ci saranno un mucchio di invitati e da sola non ce la fa, anche se io le darò una mano.

– Dille che può contare su di me. Come mai tanta gente da voi quest'anno, Valentina?

– È stata una mia idea.

Mia zia ha sospirato e ha detto: – Valentina, ci sto pensando seriamente.

– A cosa, zia?

– Ad avere un bambino. Ho voglia di crescere un figlio o una figlia. Magari sono fortunata e me ne nasce una come te!

– Non sono un granché, zia Elsa.

– Io so che tua madre ti vuole un bene che non immagini. A volte mi dice: «Spero che Valentina resti sempre così. Io sto facendo del mio meglio perché cresca bene, ogni mattina la guardo e mi accorgo che è un po' diversa dal giorno prima».

– E così parlate di me!

– Tutte le madri lo fanno. E lo farò anch'io quando avrò un figlio.

Ho guardato zia Elsa con tenerezza e sono andata a sedermi sulle sue ginocchia come una bambina piccola.

– Voglia di coccole, Valentina?

– Dici che dovrei vergognarmi, zia?

– Ma no, perché dovresti? È bello abbracciarsi e dimostrare il proprio affetto, invece.

– In questi giorni mi sento strana, zia. Sto facendo nuove conoscenze, mi pongo tante domande. A te non capita mai di non sapere cosa fare e quali decisioni prendere?

– Eccome se mi capita!

– A volte mi sento giù e vedo tutto nero. Ma poi mi passa di colpo e mi sento di nuovo allegra.

– Nipotina, chi l'ha detto che bisogna sganasciarsi dalle risa da mattina a sera? Non siamo dei robot. Quando la tristezza arriva, bisogna farle un po' di spazio e lasciare che ci tenga compagnia. Poi se ne andrà, ma di tanto in tanto si farà viva per ricordarci che siamo persone normali.

– È bello parlare con te, zia.

– Sarebbe un bel guaio se a quarant'anni non avessi imparato un po' di filosofia. E poi io non voglio prenderti in giro, dicendoti: «Divertiti e cerca di restare bambina il più a lungo possibile». Si cresce, Valentina. E non bisogna avere paura di lasciarsi il tempo alle spalle. Il futuro ci riserva tante cose belle.

Infine zia Elsa mi ha baciata e mi ha detto: – Di' alla tua mamma che l'aiuterò volentieri a preparare un pranzo di Natale con i fiocchi.

UN INVITO UFFICIALE

Mentre tornavo a casa, pensavo all'anno che stava per finire. Quante cose mi erano successe! Era come se il mondo si fosse messo a correre più in fretta e la vita mi avesse regalato delle esperienze indimenticabili. A volte mi chiedo cos'è la vita. Mi metto a pensare alle cose che mi accadono e a quelle che vorrei che mi accadessero.

Così un po' guardo indietro, un po' guardo avanti, un po' sono allegra, un po' sono triste, un po' mi sento fragile, un po' mi sento forte.

Sono arrivata sotto casa senza nemmeno essermi resa conto della strada che avevo fatto.

La mamma mi dice sempre: «Valentina, non distrarti quando cammini».

Ma come si fa a non pensare? Come si fa a tenere sotto controllo la folla di idee che ti riempiono la testa anche se tu non vuoi? Certo, farlo nella propria camera è molto più sicuro.

Ma insomma, come dice Irene, non si può stare sempre chiuse in gabbia.

E a proposito di Irene, oggi sono andata a trovare Benedetta. Ieri sera i miei mi hanno confermato che posso invitare anche loro al pranzo di Natale.

– Ciao, Benedetta – ho detto entrando nella stanza che odorava di candeggina.

– Ciao, Valentina.

– Non c'è Irene?

– È andata a comprare il pane. Ma non credo che tornerà subito. Lei ama farsi una passeggiata ogni volta che esce.

– Non va più a chiedere soldi alla gente?

– Ha smesso di farlo da alcuni giorni, e credo che il merito sia anche tuo.

– Benedetta, sono venuta a invitare te e Irene a passare il giorno di Natale a casa nostra.

Lei ha posato i gomiti sul tavolo e ha intrecciato le sue lunghe dita.

– Sei molto gentile, Valentina – ha detto. – Ma è tanto tempo che non vado a casa di qualcuno. E da te ci sarà tanta gente. Temo che non saprei come comportarmi, cosa dire...

– Non sei obbligata a dire proprio niente, Benedetta. Le persone che verranno a casa nostra sono parenti o amici. Nessuno ti farà domande e tu sarai libera di chiacchierare con chi ti pare. Dirò che sei una mia amica e che Irene è tua nipote.

– Appunto, Irene... Non so se riuscirò a convincerla a venire. Io credo che sarebbe felicissima di passare il Natale a casa tua. Ma ha troppa paura e vede pericoli dappertutto.

– A casa mia non correrà alcun rischio. Sai che l'ho convinta a salire da me l'altro giorno?

– Me l'ha detto.

– Sono stata felice di aver passato un po' di tempo con lei. Vorrei che lo facessimo più spesso. Anzi, mi piacerebbe che Irene vivesse sempre a casa nostra.

– Non capisco.

– Benedetta, l'altro giorno forse mi sono comportata da sciocca. Ma ho detto a Irene che sarebbe bello se i miei l'adottassero e lei vivesse sempre con noi. Ti sembra un'idea assurda?

– Magari accadesse una cosa del genere, Valentina!

– Tu che cosa ne pensi?

– Ne sarei felicissima per Irene.

– Non ti sentiresti sola senza di lei?

– Sono certa che verrebbe spesso a trovarmi.

– Però, quando le ho accennato questa possibilità, Irene mi ha guardata come se fossi impazzita e poi, quando è entrata mia madre, è addirittura scappata via.

Benedetta non ha avuto il tempo di replicare, perché la porta si è aperta di colpo ed è entrata Irene.

– Ah, sei qui? – ha esclamato.

– Ciao, Irene. Sono venuta a invitare ufficialmente te e Benedetta per il pranzo di Natale a casa mia.

Alle mie parole Irene ha guardato Benedetta e non ha detto nulla. Poi ha posato la borsa della spesa in un angolo ed è andata in bagno.

– Ci penseremo – ha detto a voce alta, per coprire il rumore dell'acqua.

VIGILIA DI NATALE

Ormai è tutto pronto. I regali sono stati comprati, gli inviti accettati. Non so se verranno Benedetta e Irene.
Però ci conto molto. Il mio regalo per Irene è stato il primo che ho comprato: un paio di guanti, un berretto di lana e un paio di scarpe robuste.

Il numero l'ho chiesto a Benedetta. Ho dato fondo al mio salvadanaio, ma l'ho subito riempito di nuovo, perché ieri zio Beppe ha regalato cinquanta sterline a Luca e cento a me. Per ospitare tante persone abbiamo deciso di rivoluzionare completamente il soggiorno, eliminando il divano e le poltrone. Il tavolo è allungabile. Ma in ogni caso non basterebbe. Perciò, al momento di apparecchiare, aggiungeremo anche il tavolo che c'è in cucina.

A mezzogiorno casa nostra era affollatissima. Purtroppo Benedetta e Irene non erano arrivate e io mi sono sentita stringere il cuore.

– Eppure ero certa che Benedetta sarebbe riuscita a convincerla. Irene sapeva che ci tenevo tanto. Ma forse sono soltanto una presuntuosa – ho detto a mia madre.

– Valentina, non tormentarti inutilmente.

Me ne sono andata nella mia camera, ho chiuso la porta e mi sono seduta dietro la scrivania.

Per un po' sono stata davvero male.

Poi però mi sono alzata e sono tornata in mezzo agli altri. Era bello vederli chiacchierare, ridere, raccontarsi storie.

Fuori la neve si accumulava sui tetti, sui giardini, sulle strade. Il cielo era coperto e ho pensato che non avrebbe smesso presto di lasciare cadere i morbidi fiocchi bianchi che volteggiavano pigramente nell'aria.

Casa nostra sembrava isolata dal mondo. Ho posato la testa sul vetro di una finestra e ho seguito passo passo il cammino di un fiocco di neve, prima che si posasse sul terreno e si confondesse tra tutti gli altri.

Poi ho sentito abbaiare sul pianerottolo davanti alla nostra porta.

Mi sono staccata dalla finestra e ho gridato: – Russell! –. Sono corsa ad aprire e mi sono trovata davanti Benedetta e Irene.

Benedetta teneva Irene per mano, Irene stringeva il guinzaglio di Russell.

– Abbiamo le scarpe tutte bagnate – ha mormorato Irene.

– Venite, vi stavamo aspettando – ho detto.

E le ho abbracciate forte. Poi ho chiuso la porta e le ho accompagnate dagli altri...

Adesso era davvero Natale!

Ho abbracciato forte Irene e Benedetta...

Adesso era davvero Natale!

Valentina e Alice
Arrivederci
alla prossima
avventura!

INDICE

Neve, neve, neve 9
Un Natale diverso 10
Chi cucinerà per tutti? 14
A raccogliere muschio nel bosco 17
Un regalo per Luca 19
A comprare centrini al mercato 22
Contrattazioni 25
Primo incontro con Irene 33
Irene non si fida 39
I dubbi di una madre 44
Una sorpresa nel bosco 48
La nonna di Tazio 56
Notte di Natale in autostrada 61
Luminarie in via Roma 69
Nuovo incontro con Irene 73
A casa di Benedetta 78
La storia di Irene 83
Mantenere un segreto 89
Anche Rosa è invitata 92
Passi nella notte 94

Un mistero che si risolve 102
Un pomeriggio avventuroso 107
Pecore e cieli stellati 115
Nel bosco di notte 121
A casa di Giulietta 127
In biblioteca con Tazio 130
Zio Beppe mi fa un regalo 134
Un'amica (o una sorella?) per Irene 140
Una chiacchierata con zia Elsa 148
Un invito ufficiale 151
Vigilia di Natale 155

I LIBRI DI VALENTINA

1. V come Valentina
La vita quotidiana di Valentina: l'amica del cuore, il ragazzo che le piace, una gattina da salvare...

2. Un amico Internet per Valentina
In rete, Valentina trova un nuovo amico: si chiama Jack ed è molto simpatico!

3. In viaggio con Valentina
Valentina parte per la Cornovaglia... quante avventure in questo misterioso paese!

4. A scuola con Valentina
Valentina ha un maestro speciale, che narra storie meravigliose e difende sempre i suoi alunni...

5. Un mistero per Valentina
Valentina va in gita scolastica a Zurigo. Sarà una settimana piena di misteri da risolvere!

6. La cugina di Valentina
La vita di Valentina si svolge tranquilla, ma un giorno la sua mamma perde la memoria...

7. Gli amici di Valentina
Quanti amici ha Valentina! Ognuno con il suo carattere e la sua storia da raccontare...

8. L'estate di Valentina

Finalmente le vacanze! Tra montagna, lago e mare Valentina non ha certo il tempo di annoiarsi.

9. La famiglia di Valentina

La mamma di Valentina deve essere operata, e lei impara a cavarsela da sola in casa...

10. Quattro gatti per Valentina

Alice, la gatta di Valentina, sta aspettando i cuccioli e ci sono veramente tante cose a cui pensare...

11. Buon Natale, Valentina!

Il Natale si avvicina e Valentina si dedica ai preparativi insieme a un'amica speciale!

13. Pablo. Un nuovo amico per Valentina

Valentina è molto emozionata: dall'Argentina sta per arrivare Pablo, che per un po' vivrà a casa sua...

SPECIALI

Buon Natale, Valentina!
Il viaggio in Italia di Valentina
Halloween con Valentina
Il viaggio in Europa di Valentina

Sempre nel Battello a Vapore:

Serie Arancio
Le fatiche di Valentina
Non arrenderti, Valentina!
Cosa sogni, Valentina?

Serie Rossa
Ciao, Valentina!

CHI È ANGELO PETROSINO?

Care lettrici e cari lettori, ho pensato di parlarvi di me perché mi chiedete sempre di farlo quando vi incontro nelle scuole o nelle biblioteche. Sono sempre stato un bambino vivace e curioso. Non stavo mai in casa e mi arrampicavo sugli alberi, per guardare il mondo dall'alto. Era facile, perché abitavo in campagna. Poi un giorno ho lasciato il mio paese perché mio padre aveva trovato lavoro in Francia. Avevo dieci anni. Ho vissuto esperienze indimenticabili prima in Auvergne poi a Parigi. Tornato in Italia, ho dovuto imparare di nuovo l'italiano. Per questo oggi la lingua italiana è per me il patrimonio più prezioso: di ogni parola amo il suono, il significato, le immagini che evoca. Non pensavo che un giorno mi sarei trovato a insegnarla. All'inizio infatti ho studiato da perito chimico. Poi un giorno mi sono affacciato a un'aula di scuola ele-

Angelo a dieci anni, in Auvergne

mentare. Ero imbarazzato. «Come ci si comporta con i bambini?» mi sono chiesto. Allora ho ricordato che i momenti più belli della mia infanzia erano quando mio nonno mi raccontava storie. Così ho cominciato a leggere ai miei alunni. Da allora sono diventato "il maestro che racconta storie". Ma ho sempre ascoltato le storie, i desideri, i sogni dei bambini. Quante cose ho imparato!

Angelo Petrosino

Col tempo ho iniziato a scrivere libri in cui i protagonisti erano proprio loro.

Così è nato il personaggio di Valentina: curiosa, irrequieta, intelligente, capace di ascoltare le sue emozioni e con una gran voglia di vivere.

A proposito, mi piacerebbe sapere cosa ne pensate dei miei libri. Se volete, scrivetemi qui:

www.angelopetrosino.it

Prometto una risposta veloce e personale a tutti!

CHI È SARA NOT?

Sara Not ha ben trent'anni però disegna ancora come una bambina (e solo quando ne ha voglia). Va e viene tra Milano e Trieste e non si sa mai dov'è. Il fatto è che si fa trasportare dalla bora, vento capriccioso e freddino del nord est, anche se fa credere a tutti di viaggiare in treno.

Da due anni vive con Sissi, amica fedele, chiamata anche Mocio Vileda o Patata, una cagnolina pelosa dallo sguardo dolcissimo (se si riesce a scovarne gli occhi sotto il ciuffo). Insieme inventano, disegnano, colorano, ma è Sissi che fa il grosso del lavoro... E c'è qualcuno che dice che si vede! Ma sono malelingue.

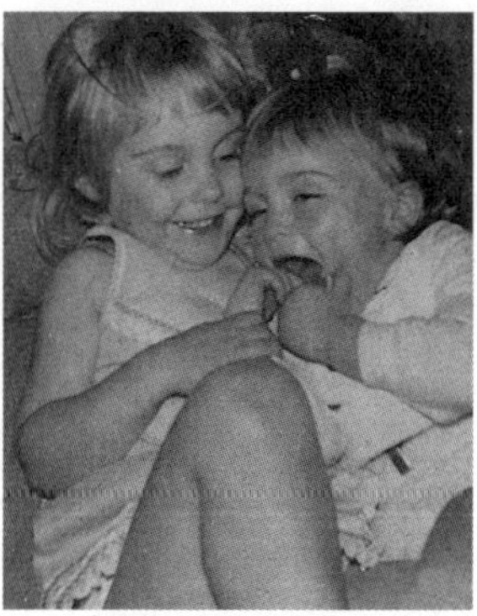

Sara a quattro anni, con la sorellina Elisa

Quando il loro mirabolante computer Mac Pino va in tilt, inforcano la vecchia bicicletta verde e sfrecciano verso il parco. Da secoli Sissi tenta di insegnare a Sara ad andare senza mani, ma è un caso senza speranza. Durante queste spericolate evoluzioni ciclistiche, la coraggiosa cagnolina, affacciata al manubrio dal suo cestino, lancia appelli disperati ai passanti. Bambini, se le vedete, non esitate a intervenire!

Sara Not

Tornate nella loro mansarda, leggono un bel libro, mettono su un cd, cucinano una buona cenetta e sono pronte a uscire con gli amici. Quando si annoiano, aspettano la bora che le porta al mare.

IL BATTELLO A VAPORE

Serie Azzurra
dai 7 anni

1. Christine Nöstlinger, *Cara Susi, caro Paul*
2. Fernando Lalana, *Il segreto del parco incantato*
3. Roberta Grazzani, *Nonno Tano*
4. Russell E. Erickson, *Il detective Warton*
5. Ursel Scheffler, *Inkiostrik, il mostro dell'inchiostro*
6. Christine Nöstlinger, *Storie del piccolo Franz*
7. Ursula Wölfel, *Augh, Stella Cadente!*
8. María Puncel, *Un folletto a righe*
9. Mira Lobe, *Ingo e Drago*
10. Klaus-Peter Wolf, *Lili e lo sceriffo*
11. Derek Sampson, *Brontolone e il mammut peloso*
12. Christine Nöstlinger, *Un gatto non è un cuscino*
13. David A. Adler, *Il mistero della casa stregata*
14. Mira Lobe, *La nonna sul melo*
15. Paul Fournel, *Supergatto*
16. Guido Quarzo, *Chi trova un pirata trova un tesoro*
17. Hans Jürgen Press, *Le avventure della Mano Nera*
18. Irina Korschunow, *Il drago di Piero*
19. Renate Welsh, *Con Hannibal sarebbe un'altra cosa*
20. Christine Nöstlinger, *Cara nonna, la tua Susi*
21. Ursel Scheffler, *Inkiostrik, il mostro delle tasche nauseabonde*
22. Sebastiano Ruiz Mignone, *Guidone Mangiaterra e gli Sporcaccioni*
23. Mirjam Pressler, *Caterina e... tutto il resto*
24. Consuelo Armijo, *I Batauti*
25. Derek Bernardson, *Un'avventura rattastica*
26. Ursel Scheffler, *Inkiostrik, il mostro dello zainetto*
27. Terry Deary, *L'anello magico e la Fabbrica degli Scherzi*
28. Hazel Townson, *La grande festa di Victor il solitario*
29. Toby Forward, *Il settimanale fantasma*
30. Jo Pestum, *Jonas, il Vendicatore*
31. Ulf Stark, *Sai fischiare, Johanna?*
32. Dav Pilkey, *Le mitiche avventure di Capitan Mutanda*
33. Francesca Simon, *Non mangiate Cenerentola!*

34. Ursel Scheffler, *Inkiostrik, il mostro del circo*
35. Russell E. Erickson, *Warton e i topi mercanti*
36. Anne Fine, *Cane o pizza?*
37. Jeremy Strong, *C'è un faraone nel mio bagno!*
38. Ursel Scheffler, *Inkiostrik, il mostro dei pirati*
39. Friedrich Scheck, *Il mistero dell'armatura scomparsa*
40. Sjoerd Kuyper, *Il coltellino di Tim*
42. Sebastiano Ruiz Mignone, *La guerra degli Sporcaccioni*
43. Maria Carla Pittaluga, *Il piccolo robot*
44. Jacqueline Wilson, *Scalata in discesa*
45. Rindert Kromhout, *Peppino*
46. Ursel Scheffler, *Inkiostrik, il mostro del Luna Park*
47. Anna Vivarelli, *Mimì, che nome è?*
48. Dav Pilkey, *Capitan Mutanda contro i Gabinetti Parlanti*
49. Dav Pilkey, *Capitan Mutanda contro i malefici zombi babbei*
50. Anna Lavatelli, *Ossi di dinosauro*
51. Roberta Grazzani, *In viaggio con nonno Tano*
52. Sebastiano Ruiz Mignone, *L'ultimo degli Sporcaccioni*
53. Pinin Carpi, *Il Paese dei maghi*
54. Pinin Carpi, *Susanna e il soldato*
55. Ursel Scheffler, *Inkiostrik, il mostro del castello*
56. Roberta Grazzani, *Abdul vuole rivedere il mare*
57. Vivian Lamarque, *La timida Timmi*
58. Emanuela Nava Khurshid Mazzoleni *Sognando l'India*

Serie Azzurra ORO

1. Paula Danziger, *Ambra Chiaro non è un colore*
3. Anne Fine, *Teo vestito di rosa*
4. Paula Danziger, *Punti rossi su Ambra Chiaro*
5. Bernardo Atxaga, *Shola e i leoni*
6. Paula Danziger, *Ambra Chiaro va in quarta*
7. Ondrej Sekora, *Le avventure di Ferdi la formica*

IL BATTELLO A VAPORE

Serie Arancio
dai 9 anni

1. Mino Milani, *Guglielmo e la moneta d'oro*
2. Christine Nöstlinger, *Diario segreto di Susi. Diario segreto di Paul*
3. Mira Lobe, *Il naso di Moritz*
4. Juan Muñoz Martín, *Fra Pierino e il suo ciuchino*
5. Eric Wilson, *Assassinio sul "Canadian-Express"*
6. Eveline Hasler, *Un sacco di nulla*
7. Hubert Monteilhet, *Di professione fantasma*
8. Carlo Collodi, *Pipì, lo scimmiottino color di rosa*
9. Alfredo Gómez Cerdá, *Apparve alla mia finestra*
10. Maria Gripe, *Ugo e Carolina*
11. Klaus - Peter Wolf, *Stefano e i dinosauri*
12. Ursula Moray Williams, *Spid, il ragno ballerino*
13. Anna Lavatelli, *Paola non è matta*
14. Terry Wardle, *Il problema più difficile del mondo*
15. Gemma Lienas, *La mia famiglia e l'angelo*
16. Angelo Petrosino, *Le fatiche di Valentina*
17. Jerome Fletcher, *La voce perduta di Alfreda*
18. Ken Whitmore, *Salta!!*
19. Dino Ticli, *Sette giorni a Piro Piro*
21. Peter Härtling, *Che fine ha fatto Grigo?*
22. Roger Collinson, *Willy e il budino di semolino*
23. Hazel Townson, *Lettere da Montemorte*
24. Chiara Rapaccini, *La vendetta di Debbora (con due "b")*
25. Christine Nöstlinger, *La vera Susi*
26. Niklas Rådström, *Robert e l'uomo invisibile*
27. Angelo Petrosino, *Non arrenderti, Valentina!*
28. Roger Collinson, *Willy acchiappafantasmi e gli extraterrestri*
29. Sebastiano Ruiz Mignone, *Il ritorno del marchese di Carabas*
30. Phyllis R. Naylor *Qualunque cosa per salvare un cane*
33. Anna Lavatelli, *Tutti per una*
34. G. Quarzo - A. Vivarelli, *La coda degli autosauri*, Premio "Il Battello a Vapore" 1996
35. Renato Giovannoli, *Il mistero dell'Isola del Drago*
36. Roy Apps, *L'estate segreta di Daniel Lyons*
37. Gail Gauthier, *La mia vita tra gli alieni*

IL BATTELLO A VAPORE

38. Roger Collinson, *Zainetto con diamanti cercasi*
39. Angelo Petrosino, *Cosa sogni, Valentina?*
40. Sally Warner, *Anni di cane*
41. Martha Freeman, *La mia mamma è una bomba!*
42. Carol Hughes, *Jack Black e la nave dei ladri*
43. Peter Härtling, *Con Clara siamo in sei*
44. Galila Ron-Feder, *Caro Me Stesso*
45. Monika Feth, *Ragazza ladra*
46. Dietlof Reiche, *Freddy. Vita avventurosa di un criceto*
47. Kathleen Karr, *La lunga marcia dei tacchini*
48. Alan Temperley, *Harry e la banda delle decrepite*
49. Simone Klages, *Il mio amico Emil*
50. Renato Giovannoli, *Quando eravamo cavalieri della Tavola Rotonda*
51. Louis Sachar, *Buchi nel deserto*
52. Luigi Garlando, *La vita è una bomba!*, Premio "Il Battello a Vapore" 2000
53. Sebastiano Ruiz Mignone Guido Quarzo, *Pirati a Rapallo*
54. Chiara Rapaccini, *Debbora va in tivvù!*
55. Henrietta Branford, *Libertà per Lupo Bianco*
56. Pinin Carpi, *Cion Cion Blu*
57. Louis Sachar, *C'è un maschio nel bagno delle femmine!*
58. Dino Ticli, *Ritorno a Piro Piro*
59. Ennio Cavalli, *I gemelli giornalisti*
60. A. Lavatelli - A. Vivarelli, *cara C@rla tua Daian@*
61. Luigi Garlando, *Da grande farò il calciatore*
62. Teresa Buongiorno, *Io e Sara, Roma 1945*
63. Roberto Piumini, *Il grande cavallo*

Serie Arancio ORO

1. Renato Giovannoli, *I predoni del Santo Graal*, Premio "Il Battello a Vapore" 1995
3. Peter Härtling, *La mia nonna*
5. Katherine Paterson, *Un ponte per Terabithia*
6. Henrietta Branford, *Un cane al tempo degli uomini liberi*
7. Sjoerd Kuyper, *Robin e Dio*
8. Louis Sachar, *Buchi nel deserto*
9. Henrietta Branford, *Libertà per Lupo Bianco*

IL BATTELLO A VAPORE

Il magico mondo di Deltora dai 9 anni

1. Emily Rodda, *Le Foreste del Silenzio*
2. Emily Rodda, *Il Lago delle Nebbie*
3. Emily Rodda, *La Città dei Topi*
4. Emily Rodda, *Il Deserto delle Sabbie Mobili*
5. Emily Rodda, *La Montagna del Terrore*
6. Emily Rodda, *Il Labirinto della Bestia*
7. Emily Rodda, *La Valle degli Incantesimi*
8. Emily Rodda, *La Città delle Sette Pietre*

Survival. Avventure su un'isola deserta dai 9 anni

1. Gordon Korman, *Il naufragio*
2. Gordon Korman, *L'isola*
3. Gordon Korman, *La fuga*
4. Marsilio Parolini, *Manuale di sopravvivenza per ragazzi*

Le Cronache di Merlino dai 9 anni

1. Mino Milani, *Il tradimento dell'Uomo Grigio*
2. Mino Milani, *La profezia del Mago*
3. Mino Milani, *Il regno di Altilia*

I misteri dello Scarabeo d'Oro dai 9 anni

1. Alberto Melis, *L'amuleto magico*
2. Alberto Melis, *La mummia rubata*
3. Alberto Melis, *L'occhio di alabastro*

IL BATTELLO A VAPORE

Superamiche del cuore
dai 9 anni

1. Elena Mora, *Che guaio la dieta!*
2. Elena Mora, *Vigilia di festa*
3. Elena Mora, *Settimana bianca e blu*
4. Elena Mora, *Che fare da grande?*

Le indagini di Radio Globo
dai 9 anni

1. Pier Mario Fasanotti, *Il violino stonato*
2. Pier Mario Fasanotti, *L'uomo che era un altro*
3. Pier Mario Fasanotti, *Che fine ha fatto Sara?*
4. Pier Mario Fasanotti, *La macchia nera*

I Brividosi
dai 9 anni

1. P. P. Strello, *Il ritorno dello spaventapasseri*
2. P. P. Strello, *Il pozzo degli spiriti*
3. P. P. Strello, *La notte delle streghe*
4. P. P. Strello, *Un magico Halloween*
5. P. P. Strello, *La casa stregata*
6. P. P. Strello, *Il pianoforte fantasma*
7. P. P. Strello, *Due streghe per due gemelle*
8. P. P. Strello, *Il bacio del serpente*
9. P. P. Strello, *Il tesoro degli Inca*
10. P. P. Strello, *L'ira del Minotauro*